Hermann Hesses Romane, Erzählungen, Betrachtungen und Gedichte ebenso wie seine Briefe enthalten eine Fülle von Impulsen und Anregungen zu neuen und zukunftsorientierten Formen der Bewältigung unserer aktuellen Zeit- und Lebensprobleme. Eine Auswahl solcher Gedanken hat Volker Michels, nach Themen geordnet, in dem Sammelband *Lektüre für Minuten* zusammengefaßt, einem Buch, das inzwischen Millionen Leser fand. Was dort nur in aphoristischer Kürze geboten werden konnte, hat er in fünf, die wichtigsten Leitmotive Hesses aufgreifenden Lesebüchern ausführlicher dokumentiert. Aus oft entlegenen Teilen des Werkes vereinigt, findet man hier in einem abwechslungsreichen Mosaik aus erzählenden, betrachtenden und lyrischen Texten erstmals alles beisammen, was Hesse auf die großen Lebensfragen geantwortet hat, auf die scheinbar »nur subjektiven und privaten«, ebenso wie auf deren Verkettung mit den »objektiven«, den sozialen und gesellschaftlichen.

»Hier ist es gelungen, einen weiten Einblick in die Gedankenwelt des großen Schriftstellers zu vermitteln.« *Hessische Allgemeine*

»Die Themenbände der *Hesse-Lesebücher* lassen keinen Bereich des Lebens unberücksichtigt: die Liebe, Rebellion und Anpassung, Krisen und Veränderungen, Religion und Mythen, Natur und Kunst.«

Südwest-Presse, Ulm

insel taschenbuch 2858
Hermann Hesse
Das Leben bestehen

Hermann Hesse
Das Leben bestehen

Krisis und Wandlung

Ausgewählt von Volker Michels

Insel Verlag

8. Auflage 2014
Insel Verlag Berlin

Erste Auflage 2002
insel taschenbuch 2858

Hinweise zu dieser Ausgabe am Schluß des Bandes
Vertrieb durch den Suhrkamp Taschenbuch Verlag
Umschlag: Michael Hagemann
Satz: Hümmer GmbH, Waldbüttelbrunn
Druck: Druckhaus Nomos, Sinzheim
Printed in Germany
ISBN 978-3-458-34558-9

»Das Leben bestehen«

Kleine Freuden

Die hohe Bewertung der Minute, die Eile, als wichtigste Ursache unserer Lebensform, ist ohne Zweifel der gefährlichste Feind der Freude. Mit sehnsüchtigem Lächeln lesen wir die Idyllen und empfindsamen Reisen vergangener Epochen. Wozu haben unsere Großväter nicht Zeit gehabt? Als ich einmal Friedrich Schlegels Ekloge auf den Müßiggang las, konnte ich mich des Gedankens nicht erwehren: Wie würdest du erst geseufzt haben, wenn du unsere Arbeit hättest tun müssen!

Daß diese Eiligkeit unseres heutigen Lebens uns von der frühesten Erziehung an angreifend und nachteilig beeinflußt hat, erscheint traurig, aber notwendig. Leider aber hat sich diese Hast des modernen Lebens längst auch unserer geringen Muße bemächtigt; unsere Art zu genießen ist kaum weniger nervös und aufreibend als der Betrieb unserer Arbeit. »Möglichst viel und möglichst schnell« ist die Losung. Daraus folgt immer mehr Vergnügung und immer weniger Freude. Wer je ein großes Fest in Städten oder gar Großstädten angesehen hat, oder die Vergnügungsorte moderner Städte, dem haften diese fieberheißen, verzerrten Gesichter mit den starren Augen schmerzlich und ekelhaft im Gedächtnis. Und diese krankhafte, von ewigem Ungenügen gestachelte und dennoch ewig übersättigte Art, zu genießen, hat ihre Stätte auch in den Theatern, in den Opernhäusern, ja in den Konzertsälen und Bildergalerien. Eine moderne Kunstausstellung zu besuchen ist gewiß selten ein Vergnügen.

Von diesen Übeln bleibt auch der Reiche nicht verschont. Er könnte wohl, aber er kann nicht. Man muß mitmachen, auf dem laufenden bleiben, sich auf der Höhe halten.

So wenig als andere weiß ich ein Universalrezept gegen diese Mißstände. Ich möchte nur ein altes, leider ganz unmodernes Privatmittel in Erinnerung bringen: Mäßiger Genuß ist doppelter Genuß. Und: Überseht doch die kleinen Freuden nicht!

Also: Maßhalten. In gewissen Kreisen gehört Mut dazu, eine Premiere zu versäumen. In weiteren Kreisen gehört Mut dazu, eine literarische Novität einige Wochen nach ihrem Erscheinen noch nicht zu kennen. In den allerweitesten Kreisen ist man blamiert, wenn man die heutige Zeitung nicht gelesen hat. Aber ich kenne einige, welche es nicht bereuen, diesen Mut gehabt zu haben.

Wer einen abonnierten Sitz im Theater hat, der glaube nicht, etwas zu verlieren, wenn er nur jede zweite Woche einmal davon Gebrauch macht. Ich garantiere ihm: er wird gewinnen.

Wer gewohnt ist, Bilder in Masse zu sehen, der versuche einmal, falls er dazu noch fähig ist, eine Stunde oder mehr vor einem einzelnen Meisterwerk zu verweilen und sich damit für diesen Tag zu begnügen. Er wird dabei gewinnen.

Ebenso versuche es der Vielleser usw. Er wird sich einigemal ärgern, über etwas Neues nicht mitreden zu können. Er wird einigemal Lächeln erregen. Aber bald wird er selber lächeln und es besser wissen. Und jedermann, der zu keiner andern Beschränkung sich verstehen mag, versuche es mit der Gewohnheit, mindestens einmal in der Woche um 10 Uhr schlafen zu gehen. Er wird sich wundern, wie glänzend dieser kleine Verlust an Zeit und Genuß sich ersetzt. Mit der Gewohnheit des Maßhaltens ist die Genußfähigkeit für die »kleinen Freuden« innig verknüpft. Denn diese Fähigkeit, ursprünglich jedem Menschen eingeboren, setzt Dinge voraus, die im modernen Tagesleben vielfach verkümmert und verlorengegangen sind, nämlich ein gewisses Maß von Heiterkeit, von Liebe und von Poesie. Diese kleinen Freuden, namentlich dem Armen geschenkt, sind so unscheinbar und sind so zahlreich ins tägliche Leben gestreut, daß der dumpfe Sinn unzähliger Arbeitsmenschen kaum noch von ihnen berührt wird. Sie fallen nicht auf, sie werden nicht angepriesen, sie kosten kein Geld! (Sonderbarerweise wissen gerade auch die Armen nicht, daß die schönsten Freuden immer die sind, die kein Geld kosten.) Unter diesen Freuden stehen diejenigen obenan, welche uns die tägliche Berührung mit der Natur erschließt. Unsere Augen vor allem, die viel mißbrauchten, überangestrengten Augen des modernen Menschen, sind, wenn man nur will, von einer ganz unerschöpflichen Genußfähigkeit. Wenn ich morgens zu meiner Arbeit gehe, eilen mit mir und mir entgegen täglich zahlreiche andere Arbeiter, eben aus dem Schlaf und Bett gekrochen, schnell und fröstelnd über die Straßen. Die meisten gehen rasch und halten die Augen auf den Weg oder höchstens auf die Kleider und Gesichter der Vorübergehenden gerichtet. Kopf hoch, liebe Freunde! Versucht es einmal – ein Baum oder mindestens ein gutes Stück Himmel ist überall zu sehen. Es muß durchaus kein blauer Himmel sein, in irgendeiner Weise läßt sich das Licht der Sonne immer fühlen. Gewöhnt euch daran, jeden Morgen einen Augenblick nach dem Himmel zu sehen, und plötzlich werdet ihr die Luft um euch herum spüren, den Hauch der Morgenfrische, der euch zwischen Schlaf und Arbeit gegönnt ist. Ihr werdet finden, daß jeder Tag und jeder Dachgiebel sein eigenes Aussehen, seine besondere Beleuchtung hat. Achtet ein wenig darauf, und ihr werdet für den ganzen Tag einen Rest von Wohlgefallen und ein kleines Stück Zusammenleben mit der Natur haben. Allmählich erzieht sich das Auge ohne Mühe selber zum Vermittler vieler kleiner Reize, zum Betrachten der Natur, der Straßen, zum Erfassen der unerschöpflichen Komik des kleinen Lebens. Von da bis zum künstlerisch erzogenen Blick ist die kleinere Hälfte des Weges, die Hauptsache ist der Anfang, das Augenaufmachen.

Ein Stück Himmel, eine Gartenmauer, von grünen Zweigen überhangen, ein tüchtiges Pferd, ein schöner Hund, eine Kindergruppe, ein schöner Frauenkopf – das alles wollen wir uns nicht rauben lassen. Wer den Anfang gemacht hat, der kann innerhalb einer Straßenlänge köstliche Dinge sehen, ohne eine Minute Zeit zu verlieren. Dabei ermüdet dieses Sehen keineswegs, sondern stärkt und erfrischt, und nicht nur das Auge. Alle Dinge haben eine anschauliche Seite, auch interesselose oder häßliche; man muß nur sehen wollen...

Einem Hause, in welchem ich längere Zeit arbeitete, lag eine Mädchenschule gegenüber. Die Klasse der etwa Zehnjährigen hatte auf dieser Seite ihren Spielplatz. Ich hatte tüchtig zu arbeiten und litt jeweils auch unter dem Lärm der spielenden Kinder, aber wieviel Freude und Lebenslust ein einziger Blick auf diesen Spielplatz mir gewährte, ist nicht zu sagen. Diese farbigen Kleider, diese lebhaften, lustigen Augen, diese schlanken, kräftigen Bewegungen erhöhten in mir die Lust am Leben. Eine Reitschule oder ein Hühnerhof hätte mir vielleicht ähnliche Dienste getan. Wer die Wirkungen des Lichtes auf einer einfarbigen Fläche, etwa einer Hauswand, einmal beobachtet hat, der weiß, wie genügsam und genußfähig das Auge ist.

Wir wollen uns mit diesen Beispielen begnügen. Manchem Leser sind gewiß schon viele andere kleine Freuden eingefallen, etwa die besonders herrliche des Riechens an einer Blume oder an einer Frucht, des Horchens auf die eigene und auf fremde Stimmen, des Belauschens von Kindergesprächen. Auch das Summen oder Pfeifen einer Melodie gehört hieher und tausend andere Kleinigkeiten, aus denen man eine helle Kette von kleinen Genüssen in sein Leben flechten kann.

Jeden Tag so viel nur möglich von den kleinen Freuden erleben und die größeren, anstrengenden Genüsse sparsam auf Ferientage und gute Stunden verteilen, das ist, was ich jedem raten möchte, der an Zeitmangel und Unlust leidet. Zur Erholung vor allem, zur täglichen Erlösung und Entlastung sind uns die kleinen, nicht die großen Freuden gegeben.

Vergiß es nicht

Es ist kein Tag so streng und heiß,
Des sich der Abend nicht erbarmt,
Und den nicht gütig, lind und leis
Die mütterliche Nacht umarmt.

Auch du, mein Herz, getröste dich,
So heiß dein Sehnen dich bedrängt,
Die Nacht ist nah, die mütterlich
In sanfte Arme dich empfängt.

Es wird ein Bett, es wird ein Schrein
Dem ruhelosen Wandergast
Von fremder Hand bereitet sein,
Darin du endlich Ruhe hast.

Vergiß es nicht, mein wildes Herz,
Und liebe sehnlich jede Lust
Und liebe auch den bittern Schmerz,
Eh du für immer ruhen mußt.

Es ist kein Tag so streng und heiß,
Des sich der Abend nicht erbarmt,
Und den nicht gütig, lind und leis
Die mütterliche Nacht umarmt.

Die Kunst des Müßiggangs

Je mehr auch die geistige Arbeit sich dem traditions- und geschmacklosen, gewaltsamen Industriebetrieb assimilierte, und je eifriger Wissenschaft und Schule bemüht waren, uns der Freiheit und Persönlichkeit zu berauben und uns von Kindesbeinen an den Zustand eines gezwungenen, atemlosen Angestrengtseins als Ideal einzutrichtern, desto mehr ist neben manchen anderen altmodischen Künsten auch die des Müßigganges in Verfall und außer Kredit und Übung geraten. Nicht als ob wir jemals eine Meisterschaft darin besessen hätten! Das zur Kunst ausgebildete Trägsein ist im Abendlande zu allen Zeiten nur von harmlosen Dilettanten betrieben worden.

Desto wunderlicher ist es, daß in unseren Tagen, wo doch so viele sich mit sehnsüchtigen Blicken gen Osten wenden und sich mühsam genug ein wenig Freude aus Schiras und Bagdad, ein wenig Kultur und Tradition aus Indien und ein wenig Ernst und Vertiefung aus den Heiligtümern Buddhas anzueignen streben, nur selten einer zum Nächstliegenden greift und sich etwas von jenem Zauber zu erobern sucht, den wir beim Lesen orientalischer Geschichtenbücher uns aus brunnengekühlten maurischen Palasthöfen entgegenwehen spüren.

Warum haben eigentlich so viele von uns an diesen Geschichtenbüchern eine seltsame Freude und Befriedigung, an Tausendundeine Nacht, an den türkischen Volkserzählungen und am köstlichen »Papageienbuch«, dem Decamerone der morgenländischen Literatur? Warum ist ein so feiner und originaler jüngerer Dichter wie Paul Ernst in seiner »Prinzessin des Ostens« diesen alten Pfaden so oft gefolgt? Warum hat Oscar Wilde seine überarbeitete Phantasie so gern dorthin geflüchtet? Wenn wir ehrlich sein wollen und von den paar wissenschaftlichen Orientalisten absehen, so müssen wir gestehen, daß die dicken Bände der Tausendundeine Nacht uns inhaltlich noch nicht ein einziges von den Grimmschen Märchen oder eine einzige von den christlichen Sagen des Mittelalters aufwiegen. Und doch lesen wir sie mit Genuß, vergessen sie in Bälde, weil eine Geschichte darin der anderen so geschwisterlich ähnlich ist, und lesen sie dann mit demselben Vergnügen wieder.

Wie kommt das? Man schreibt es gern der schönen ausgebildeten Erzählerkunst des Orients zu. Aber da überschätzen wir doch wohl unser eigenes ästhetisches Urteil: denn wenn die seltenen wahren Erzählertalente unserer eigenen Literatur bei uns so verzweifelt wenig geschätzt werden, warum sollten wir dann diesen Fremden nachlaufen? Es ist also auch nicht die Freude an erzählerischer Kunst, wenigstens nicht diese allein. In Wahrheit haben wir für diese ja überhaupt sehr wenig Sinn; wir suchen beim Lesen, neben dem grob Stofflichen, eigentlich nur psychologische und sentimentale Reize auf.

Der Hintergrund jener morgenländischen Kunst, der uns

mit so großem Zauber fesselt, ist einfach die orientalische Trägheit, das heißt der zu einer Kunst entwickelte, mit Geschmack beherrschte und genossene Müßiggang. Der arabische Geschichtenerzähler hat, wenn er am spannendsten Punkt seines Märchens steht, immer noch reichlich Zeit, ein königliches Purpurzelt, eine mit Edelsteinen behängte gestickte Satteldecke, die Tugenden eines Derwisches oder die Vollkommenheiten eines wahrhaft Weisen bis in alle Einzelheiten und Kleinigkeiten zu schildern. Ehe er seinen Prinzen oder seine Prinzessin ein Wort sagen läßt, beschreibt er uns Zug für Zug das Rot und den Linienschwung ihrer Lippen, den Glanz und die Form ihrer schönen weißen Zähne, den Reiz des kühn flammenden oder des schämig gesenkten Blickes und die Geste der gepflegten Hand, deren Weiße untadelhaft ist, und an welcher die opalisierenden, rosigen Fingernägel mit dem Glanze kleinodbesetzter Ringe wetteifern. Und der Zuhörer unterbricht ihn nicht, er kennt keine Ungeduld und moderne Lesergefräßigkeit, er hört die Eigenschaften eines greisen Einsiedlers mit demselben Eifer und Genusse schildern, wie die Liebesfreuden eines Jünglings oder den Selbstmord eines in Ungnade gefallenen Veziers.

Wir haben beim Lesen beständig das sehnsüchtig neidische Gefühl: Diese Leute haben Zeit! Massen von Zeit! Sie können einen Tag und eine Nacht darauf verwenden, ein neues Gleichnis für die Schönheit einer Schönen oder für die Niedertracht eines Bösewichts zu ersinnen! Und die Zuhörer legen sich, wenn eine um Mittag begonnene Geschichte am Abend erst zur Hälfte erzählt ist, ruhig nieder, verrichten ihr Gebet und suchen mit Dank gegen Allah den Schlummer, denn morgen ist wieder ein Tag. Sie sind Millionäre an Zeit, sie schöpfen wie aus einem bodenlosen Brunnen, wobei es auf den Verlust einer Stunde und eines Tages und einer Woche nicht groß ankommt. Und während wir jene unendlichen, ineinander verflochtenen, seltsamen Fabeln und Geschichten lesen, werden wir selber merkwürdig geduldig und wünschen kein Ende herbei, denn wir sind für Augenblicke dem großen Zauber verfallen – die Gottheit des Müßiggangs hat uns mit ihrem wundertätigen Stabe berührt.

Bei gar vielen von jenen Unzähligen, welche neuerdings wieder so müde und gläubig an die heimatliche Wiege der Menschheit und Kultur zurück pilgern und sich zu Füßen des großen Konfutse und des großen Laotse niederlassen, ist es einfach eine tiefe Sehnsucht nach jenem göttlichen Müßiggang, die sie treibt. Was ist der sorgenlösende Zauber des Bacchus und die süße, schläfernde Wollust des Haschisch gegen die abgrundtiefe Rast des Weltflüchtigen, der auf dem Grat eines Gebirges sitzend, den Kreislauf seines Schattens beobachtet und seine lauschende Seele an den stetigen, leisen, berauschenden Rhythmus der vorüberkreisenden Sonnen und Monde verliert? Bei uns, im armen Abendland, haben wir die Zeit in kleine und kleinste Teile zerrissen, deren jeder noch den Wert einer Münze hat; dort aber fließt sie noch immer unzerstückt in stetig flutender Woge, dem Durst einer Welt genügend, unerschöpflich, wie das Salz des Meeres und das Licht der Gestirne.

Es liegt mir fern, dem die Persönlichkeiten fressenden Betrieb unserer Industrie und unserer Wissenschaft irgend einen Rat geben zu wollen. Wenn Industrie und Wissenschaft keine Persönlichkeit mehr brauchen, so sollen sie auch keine haben. Wir Künstler aber, die wir inmitten des großen Kulturbankrotts eine Insel mit noch leidlich erträglichen Lebensmöglichkeiten bewohnen, müssen nach wie vor anderen Gesetzen folgen. Für uns ist Persönlichkeit kein

Luxus, sondern Existenzbedingung, Lebensluft, unentbehrliches Kapital. Dabei verstehe ich unter Künstlern alle die, denen es Bedürfnis und Notwendigkeit ist, sich selber lebend und wachsend zu fühlen, sich der Grundlage ihrer Kräfte bewußt zu sein und auf ihr nach eingeborenen Gesetzen sich aufzubauen, also keine untergeordnete Tätigkeit und Lebensäußerung zu tun, deren Wesen und Wirkung nicht zum Fundament in demselben klaren und sinnvollen Verhältnis stünde, wie in einem guten Bau das Gewölbe zur Mauer, das Dach zum Pfeiler.

Aber Künstler haben von jeher des zeitweiligen Müßigganges bedurft, teils um neu Erworbenes sich klären und unbewußt Arbeitendes reif werden zu lassen, teils um in absichtsloser Hingabe sich immer wieder dem Natürlichen zu nähern, wieder Kind zu werden, sich wieder als Freund und Bruder der Erde, der Pflanze, des Felsens und der Wolke zu fühlen. Einerlei ob einer Bilder oder Verse dichtet oder nur sich selber bauen, dichten und schaffend genießen will, für jeden sind immer wieder die unvermeidlichen Pausen da. Der Maler steht vor einer frisch grundierten Tafel, fühlt die nötige Sammlung und innere Wucht noch nicht gekommen, fängt an zu probieren, zu zweifeln, zu künsteln und wirft am Ende alles zornig oder traurig hin, fühlt sich unfähig und keiner stolzen Aufgabe gewachsen, verwünscht den Tag, da er Maler wurde, schließt die Werkstatt zu und beneidet jeden Straßenfeger, dem die Tage in bequemer Tätigkeit und Gewissensruhe hingehen. Der Dichter wird vor einem begonnenen Plane stutzig, vermißt das ursprünglich gefühlte Große darin, streicht Worte und Seiten durch, schreibt sie neu, wirft auch die neuen bald ins Feuer, sieht klar Geschautes plötzlich umrißlos in blassen Fernen schwanken, findet seine Leidenschaften und Gefühle plötzlich kleinlich, unecht, zufällig, läuft davon und beneidet gleicherweise den Straßenfeger. Und so weiter.

Manches Künstlerleben besteht zu einem Drittel, zur Hälfte aus solchen Zeiten. Nur ganz seltene Ausnahmemenschen vermögen in stetigem Flusse fast ohne Unterbrechung zu schaffen. So entstehen die scheinbar leeren Mußepausen, deren äußerer Anblick von jeher Verachtung oder Mitleid der Banausen geweckt hat. So wenig der Philister begreifen kann, welche immense, tausendfältige Arbeit eine einzige schöpferische Stunde umschließen kann, so wenig vermag er einzusehen, warum so ein verdrehter Künstler nicht einfach weiter malt, Pinselstriche nebeneinander setzt und seine Bilder in Ruhe vollendet, warum er vielmehr so oft unfähig ist, weiterzumachen, sich hinwirft und grübelt und für Tage oder Wochen die Bude schließt. Und der Künstler selbst wird jedesmal wieder von diesen Pausen überrascht und getäuscht, fällt jedesmal in dieselben Nöte und Selbstpeinigungen, bis er einsehen lernt, daß er den ihm eingeborenen Gesetzen gehorchen muß und daß es tröstlicherweise oft ebenso sehr Überfülle als Ermüdung ist, die ihn lahmlegt. Es ist etwas in ihm tätig, was er am liebsten heute noch in ein sichtbares, schönes Werk verwandelte, aber es will noch nicht, es ist noch nicht reif, es trägt seine einzig mögliche, schönste Lösung noch als Rätsel in sich. Also bleibt nichts übrig als warten.

Für diese Wartezeiten gäbe es ja hundert schöne Zeitvertreiber, vor allem die Weiterbildung im Kennenlernen von Werken bedeutender Vorgänger und Zeitgenossen. Aber wenn du eine ungelöste dramatische Aufgabe wie einen Pfahl im Fleische mit dir herumträgst, ist es zumeist eine mißliche Sache, Shakespeare zu lesen, und wenn das erste Mißlingen eines Bildentwurfes dich plagt und elend macht, wird Tizian dich vermutlich wenig trösten. Namentlich junge Leute, deren Ideal der »denkende Künstler« ist, meinen nun, die der Kunst entzogene Zeit am besten aufs Denken zu verwenden und verrennen sich ohne Ziel und Nutzen in Grübeleien, skeptische Betrachtungen und andere Grillenfängereien.

Andere, welche noch nicht dem auch unter Künstlern neuerdings erfolgreich werdenden heiligen Krieg wider den Alkohol beigetreten sind, finden den Weg zu Orten, wo man einen Guten schenkt. Diese haben meine volle Sympathie, denn der Wein als Ausgleicher, Tröster, Besänftiger und Träumespender ist ein viel vornehmerer und schönerer Gott, als seine vielen Feinde uns neuestens glauben machen möchten. Aber er ist nicht für jedermann. Ihn künstlerisch und weise zu lieben und zu genießen und seine schmeichlerische Sprache in ihrer ganzen Zartheit zu verstehen, dazu muß einer so gut wie zu anderen Künsten von Natur begabt sein, und auch dann noch bedarf er der Schulung und wird, wo er nicht einer guten Tradition folgt, es selten zu einiger Vollkommenheit bringen. Und wäre er auch ein Auserwählter, so wird er doch gerade in den unfruchtbaren Zeiten, von denen wir reden, selten die zum wahren Kult eines Gottes notwendigen Denare in der Tasche haben.

Wie findet sich nun der Künstler zwischen den beiden Gefahren – der unzeitigen, lustlosen Arbeit und der grüblerischen, entmutigenden Leere – mit heiler Haut und heiler Seele hindurch?

Geselligkeit, Sport, Reisen usw. sind alles Zeitvertreiber, die in solchen Lagen nicht dienen, zum Teil auch nur für Wohlhabende in Betracht kommen, und zu diesen zu zählen ist nie ein Künstlerehrgeiz gewesen. Auch die Schwesterkünste pflegen einander in bösen Zeiten meist im Stich zu lassen:

der Dichter, der an einer ungelösten Aufgabe leidet, wird nur selten beim Maler oder der Maler beim Musiker seine Ruhe und Balance wiederfinden. Denn tief und völlig genießen kann der Künstler nur in den klaren, schöpferischen Zeiten, während jetzt in seinen Nöten alle Kunst ihm entweder schal und blaß oder aber erdrückend übermächtig erscheint. Den zeitweise Entmutigten und Hilflosen kann eine Stunde Beethoven ebenso leicht vollends umwerfen als heilen.

Hier ist der Punkt, an welchem ich eine durch solide Tradition befestigte und geläuterte Kunst des Faulenzens schmerzlich vermisse und wo mein sonst unbefleckt germanisches Gemüt mit Neid und Sehnsucht nach dem mütterlichen Asien hinüber äugt, wo eine uralte Übung es vermocht hat, in den scheinbar formlosen Zustand vegetativen Daseins und Nichtstuns einen gewissen gliedernden und adelnden Rhythmus zu bringen. Ich darf ohne Ruhmrednerei sagen, daß ich an die experimentierende Beschäftigung mit dem Problem dieser Kunst viel Zeit gewendet habe. Meine dabei gewonnenen Erfahrungen müssen einer späteren, besonderen Mitteilung aufbehalten bleiben – es genüge meine Versicherung, daß ich es annähernd gelernt habe, in kritischen Zeiten das Nichtstun mit Methode und großem Vergnügen zu pflegen. Damit jedoch etwaige Künstler unter den Lesern sich nicht, statt nun selber an die Arbeit des methodischen Faulenzens zu gehen, enttäuscht wie von einem Scharlatan abwenden, gebe ich noch in wenigen Sätzen einen Überblick über meine eigene erste Lehrlingszeit im Tempel dieser Kunst.

1. Ich holte eines Tages, von dunkler Ahnung getrieben, die vollständigsten deutschen Ausgaben von Tausendundeiner Nacht und den »Fahrten des Sajjid Batthal« von der

Bibliothek, setzte mich dahinter – und fand, nach anfänglichem kurzem Vergnügen, etwa nach Tagesfrist, beide langweilig.

2. Den Ursachen dieses Mißerfolges nachdenkend, erkannte ich schließlich, daß jene Bücher durchaus nur liegend oder doch am Boden sitzend genossen werden dürfen. Der aufrechte abendländische Stuhl beraubt sie aller Wirkung. Nebenher ging mir dabei zum ersten Male ein Verständnis für die völlig veränderte Anschauung des Raumes und der Dinge auf, die man im Liegen oder Kauern gewinnt.

3. Bald entdeckte ich, daß die Wirkung der orientalischen Atmosphäre sich verdoppelte, wenn ich mir, statt selber zu lesen, vorlesen ließ (wobei es jedoch erforderlich ist, daß auch der Vorleser liege oder kauere).

4. Die nun endlich rationell betriebene Lektüre erzeugte bald ein resigniertes Zuschauergefühl, das mich befähigte, nach kurzer Zeit auch ohne Lektüre stundenlang in Ruhe zu verharren und meine Aufmerksamkeit mit scheinbar geringen Gegenständen zu beschäftigen (Gesetze des Mückenfluges, Rhythmik der Sonnenstäubchen, Melodik der Lichtwellen usw.). Daraus entsprang ein wachsendes Erstaunen über die Vielheit des Geschehens und ein beruhigendes, völliges Vergessen meiner selbst, womit die Basis eines heilsamen, niemals langweilenden *far niente* gewonnen war. Dies war der Anfang. Andere werden andere Wege wählen, um aus dem bewußten Leben in die für Künstler so notwendigen und schwer zu erreichenden Stunden des Selbstvergessens unterzutauchen. Sollte meine Anregung einen etwa vorhandenen abendländischen Meister des Müßigganges zur Rede und Mitteilung seines Systems verlocken, so wäre mein heißester Wunsch erfüllt.

Schönes Heute

Morgen – was wird morgen sein?
Trauer, Sorge, wenig Freude,
Schweres Haupt, vergoßner Wein –
Du sollst leben, schönes Heute!

Ob die Zeit im schnellen Flug
Wandelt ihren ewigen Reigen,
Dieses Bechers voller Zug
Ist unwandelbar mein eigen.

Meiner losen Jugend Brand
Lodert hoch in diesen Tagen.
Tod, da hast du meine Hand,
Willst du mich zu zwingen wagen?

Schlaflose Nächte

Du liegst in später Nacht zu Bett und kannst nicht schlafen. Die Straße ist still, in den Gärten rührt der Wind zuweilen die Bäume. Irgendwo schlägt ein Hund an; in einer fernen Straße fährt ein Wagen. Du hörst ihn genau, du erkennst am wiegenden Geräusch, daß es ein Wagen auf Federn ist, du folgst ihm in Gedanken, er biegt um eine Ecke, er fährt plötzlich schneller, und bald zerrinnt das eilige Rollen leis in die große Stille. Dann ein später Fußgänger. Er geht rasch, sein Tritt hallt sonderbar in der leeren Straße. Er bleibt stehen, schließt eine Tür auf, zieht sie hinter sich zu, und wieder ist große Stille. Wieder und noch einmal klingt ein kleines Stück Leben herein, immer seltener, immer schwächer, und dann kommen die Stunden, wo alles müde ist und jeder leiseste Wind und jedes feine Mörtelkorn, das hinter den Tapeten niederrinnt, laut hörbar und mächtig wird und dir die Sinne erregt. Und kein Schlaf. Nur die Müdigkeit zieht einen feinen Schleier über Augen und Gedanken, du hörst ein rastloses Blut im Ohre klingen, du hörst im schmerzenden Kopf das feine, fiebernde Leben, du spürst in aufliegenden Adern den gleichmäßigen und doch verwirrenden Takt der Pulse.

Es hilft dir nichts, dich hin und her zu werfen, aufzustehen und dich wieder zu legen. Es ist eine von den Stunden, in denen du dir selbst auf keine Weise entrinnen kannst. Gedanken und Bewegungen des Gemüts und der Erinnerung werden in dir Herr, und du hast keine Gesellschaft, sie wie sonst totzureden. Dem, der in der Fremde lebt, tritt Haus und Garten der Heimat und Kindheit vor das Auge, die Wälder, in denen er seine freiesten und unvergeßlichsten Knabentage verlebt hat, die Zimmer und Treppen, in denen seine Knabenspiele gelärmt haben. Die Bilder der Eltern fremd, ernst und gealtert, mit Liebe, Sorge und leisem Vorwurf im Blick. Er streckt die Hand aus und sucht vergebens eine entgegengebotene Rechte, eine große Traurigkeit und Vereinsamung kommt über ihn, darüber treten andere Gestalten hervor, und in der befangenen und ernsten Stimmung dieser Stunde machen sie uns fast alle traurig. Wer hat nicht in jungen Jahren seinen Nächsten schwere Tage gemacht, Liebe zurückgewiesen und Wohlwollen verachtet, wer hat nicht irgend ein Glück, was einmal für ihn bereit stand, in Trotz und Übermut versäumt, wer hat nicht fremde oder eigene Ehrfurcht einmal verletzt oder gegen Freunde durch ein törichtes Wort, durch ein ungehaltenes Versprechen, durch eine unschöne und wehtuende Gebärde sich vergangen? Jetzt stehen sie vor dir, reden kein Wort und sehen dich aus ruhigen Augen seltsam an, und du schämst dich vor ihnen und vor dir selber.

Es fällt dir ein, wie viele Nächte du im Bette sorglos schliefst zwischen Tagen voll von Bewegung, Lärm und Zerstreuung, und wie undenkbar lange her es ist, seit du so wie heute dich selber zum stummen, ungeschminkten Gesellschafter hattest. Du hattest drauflosgelebt, du hattest in dieser Zeit unendlich viel gesehen, geredet, gehört, gelacht, und nun ist das alles, als wäre es nicht gewesen, ist dir fremd und fällt von dir ab, während die blauen Himmel deiner Kinderzeit, die langvergessenen Bilder deiner Heimat und die Stimmen von lang Verstorbenen dir unheimlich nahe und gegenwärtig sind.

Der Schlaf ist eine der köstlichsten Gaben der Natur, ein Freund und Hort, ein Zauberer und leiser Tröster, und jeder tut mir in der Seele leid, der die Qual langdauernder Schlaflosigkeit kennt, der gelernt hat, sich mit halben Stunden eines fiebrigen Eindämmerns zu begnügen. Aber ich könnte einen Menschen nicht lieben, von dem ich wüßte, daß er in seinem Leben keine schlaflose Nacht gehabt hat, er müßte denn ein Naturkind von naivster Seele sein.

In unsrem raschen, betäubenden Leben gibt es erschrekkend wenig Stunden, in denen die Seele ihrer bewußt werden kann, in denen das Leben der Sinne und das des Geistes zurücktritt und die Seele unverhüllt dem Spiegel der Erinnerung und des Gewissens gegenübersteht. Das geschieht vielleicht beim Erleben eines großen Schmerzes, vielleicht am Sarg einer Mutter, vielleicht auf einem Krankenbett, vielleicht auch am Ende einer längeren einsamen Reise in den ersten Stunden des Wiederdaseins, aber immer geschieht es unter Störungen und Trübungen. Hier liegt der Wert solcher wacher Nächte. In diesen allein vermag die Seele ohne gewaltsame äußere Erschütterungen zu ihrem Recht zu kommen, es sei zum Erstaunen oder zum Erschrecken, zum Richten oder zum Trauern. Das Gemütsleben, das wir tagsüber führen, ist nie so rein; die Sinne leben heftig mit, der Verstand drängt sich vor, indem er den Regungen des Gefühls die Stimme des Urteils, den feinen Reiz des Vergleichens und den feinen, zersetzenden des Witzes beimischt. Die Seele, halb schlummernd, läßt es geschehen und lebt in dieser Abhängigkeit und Unterdrückung Tage und Monate lang ein halbes Leben hin, bis ihre Stunde da ist, bis sie in einer bangen, schlaflosen Nacht die Fessel abstreift und uns mit der ganzen ungebrochenen Fülle ihres eigenwilligen Lebens überrascht oder entsetzt. Es ist uns heilsam, zuzeiten wahrzunehmen, daß unser Leben nicht nur Form ist, daß wir eine Macht in uns tragen, welche von allem Äußeren unverändert bleibt und unbestechlich ist, daß Stimmen in uns reden, über welche wir keine Herrschaft haben. Wer wahrhaftig ist und irgend eine Art von Glauben hat, der beugt sich diesen Stimmen gern und geht aus solchen Stunden mit vertieftem Blick hervor.

Ich möchte auch von der Schlaflosigkeit als Krankheit noch ein Wort sagen, obwohl es vielleicht überflüssig ist, denn die Schlaflosen alle wissen wohl, was ich sagen will. Doch lesen sie vielleicht gerne etwas ausgesprochen, was ihnen bekannt, aber sonst kein Gegenstand des Redens ist. Ich meine die innere Erziehung, welche das Nichtschlafenkönnen geben kann. Jedes Kranksein und Wartenmüssen ist ja ein nicht mißzuverstehender Lehrmeister. Doch ist die Schule aller nervösen Leiden besonders eindringlich. »Der muß viel gelitten haben«, sagt man von Menschen, die in Bewegung und Rede ein ungewöhnliches Maß von zurückhaltender Feinheit und zarter Schonung zeigen. Die Herrschaft über den eigenen Leib und über die eigenen Gedanken lehrt keine Schule so gut wie die der Schlaflosen. Zart anfassen und schonen kann nur einer, der dieses zarten Anfassens selber bedarf. Milde betrachten und liebevoll die Dinge abwägen, seelische Gründe sehen und alle Schwächen des Menschlichen gütig verstehen kann nur einer, der oftmals in der unerbittlichen Stille einsamer Stunden seinen eigenen ungehemmten Gedanken preisgegeben war. Die Menschen sind im Leben nicht schwer zu erkennen, welche viele Nächte mit wachen Augen stillgelegen sind. Noch einen erzieherischen Wert der Schlaflosigkeit möchte ich anführen, der freilich in anderem Zusammenhang genauer betrachtet zu werden verdiente. Die Schlaflosigkeit ist eine Schule der Ehrfurcht – der Ehrfurcht vor allen Dingen, jener Ehrfurcht, die über das bescheidenste Leben den Duft einer fortwährend erhöhten Stimmung gießen kann, derselben Ehrfurcht, welche die oberste Bedingung der dichterischen und künstlerischen Größe ist.

Man denke sich einen Schlaflosen in seinem Bette liegen. Die Stunden rinnen still und schrecklich langsam ab, zwischen einem und dem nächsten Stundenschlag liegt eine breite, schwarze Kluft von unerträglicher Endlosigkeit. – Wie oft haben wir das Laufen einer Maus, das Rollen eines Wagens gehört, den Takt einer Uhr, das Geräusch eines Brunnens, den Laut des Windes, das Knarren der Möbel! Wir hörten sie, ohne ihrer zu achten. Jetzt aber, in dieser Einsamkeit und Totenstille, klammern wir uns sehnsüchtig an jeden vorbeistreifenden Hauch von Leben. Der rollende Wagen beschäftigt uns lebhaft, wir schätzen seine Schwere und Bauart, die Müdigkeit oder Kraft seiner Pferde, wir suchen die Straße zu erraten, in welcher er fährt, und die nächste, in die er einbiegt. Oder ein laufender Brunnen! Wir hören ihn dankbar wie eine sanfte Musik, wie ein Kranker dem Plaudern eines Freundes lauscht, der ihn besucht und der einen Duft von Gesundheit und einen Schimmer von Leben draußen in seine Einsamkeit hereinträgt. Wir hören den Fall des Wasserstrahls in das gefüllte Becken, das sanftere und ungleichmäßigere Ablaufen des Troges. Wir versuchen einen Rhythmus in dem stetigen Rauschen zu hören, wir summen leis im Takte mit, verstummen wieder und hören ihn allein fortsingen. Wir denken träumend weiter dem ablaufenden Wasser nach, durch Bach und Strom ans Meer und an die Wiege des ewigen Werdens, Strebens und Neuwerdens zurück. Darüber beginnt das Gewebe der Seele, der halben Gedanken, unser Leben streckt sich vor uns aus, Beziehungen und Gesetze liegen plötzlich in Erlebtem klar, das uns bisher unerklärt und verworren erschien.

Diesen Weg vom Lauschen auf einen Brunnen bis zum Bewundern der Folgerichtigkeit alles Geschehens und zur Ehrfurcht vor dem verschleierten letzten Geheimnis des Lebens legen wir nie so geduldig, aufmerksam und ernst zurück wie in diesen Nachtstunden.

In dieser Weise haben gewiß schon alle Schlaflosen aus der Not eine Tugend gemacht. Ich wünsche ihnen in ihrem Leiden Geduld und, wo es sein kann, Heilung. Allen Leichtfertigen, obenhin Lebenden und mit Gesundheit Prahlenden aber wünsche ich je und je eine Nacht, in der sie ohne Schlummer liegen und dem vorwurfsvollen Hervortreten ihres inneren Lebens standhalten müssen.

Traum

Aus einem argen Traume aufgewacht
Sitz ich im Bett und starre in die Nacht.

Mir graut vor meiner eignen Seele tief,
Die solche Bilder aus dem Dunkel rief.

Die Sünden, die ich da im Traum getan,
Sind sie mein eigen Werk? Sind sie nur Wahn?

Ach, was der schlimme Traum mir offenbart,
Ist bitter wahr, ist meine eigne Art.

Aus eines unbestochenen Richters Mund
Ward mir ein Flecken meines Wesens kund.

Zum Fenster atmet kühl die Nacht herein
Und schimmert nebelhaft in grauem Schein.

O süßer, lichter Tag, komm du heran
Und heile, was die Nacht mir angetan!

Durchleuchte mich mit deiner Sonne, Tag,
Daß wieder ich vor dir bestehen mag!

Und mache mich, ob's auch in Schmerzen sei,
Vom Grauen dieser bösen Stunde frei!

Der innere Reichtum

Erst in üblen Lebenslagen tritt der Charakter eines Menschen unverhüllt zutage. So zeigt sich auch das Verhältnis des Einzelnen zum Geistigen oder Idealen, zu alledem, was man nicht schmecken und greifen kann, erst dann in seiner Echtheit und seinem wahren Wert, wenn die gewohnten Stützen seines äußeren Lebens gewichen oder erschüttert sind. Man kann in Zeiten großer Prüfungen die seltsame Erfahrung machen, daß es wohl mehr Menschen gibt, welche für ideale Güter zu sterben, als solche, die für sie zu leben wissen.

Kultur, im Gegensatz zur Natur, ist alles das, was der Mensch über die Bedürfnisse der Stunde und des nackten Lebens hinaus an geistigen Werten gefunden und geschaffen hat, obenan die Religionen, Künste und Philosophien. Auch das Volkslied des armen Mannes, die Freude des Wanderburschen an Wald und Wolken, die Liebe zum Vaterland und zu den Idealen der Partei – alles das ist »Kultur«, geistiger Besitz, Menschentum. Über alle Schwankungen der Weltgeschichte und der Völkerentwicklung hinweg hat dieser ideale Besitz der Menschheit sich erhalten, bewährt und gemehrt. Wer innerlich Teil an diesem Besitze hat, der gehört einer unzerstörbaren Gemeinschaft des Geistes an und besitzt etwas, das niemand ihm rauben kann. Wir können Geld, Gesundheit, Freiheit, Leben verlieren. Aber nur zugleich mit dem Leben kann uns das genommen werden, was wir an geistigen Werten wirklich erworben haben und besitzen.

In Zeiten der Not und des Leidens zeigt sich erst, was wirklich unser ist, was uns treu bleibt und nicht genommen werden kann. Es gibt viele, denen ein schöner Spruch aus dem Neuen Testament oder ein gedankenvoller Goethe-

Vers in guten Zeiten lieb und wertvoll war, die gern einen guten Vortrag und eine gute Musik hörten, und denen doch von alledem nichts zu eigen bleibt, wenn Not, Hunger, Sorge ihr Leben beschatten. Wem es so geht, wer an den Werten der Kultur nur den Anteil des stillen Genießers hatte und sich in der Not von diesen Werten verlassen sieht, wem mit seiner Bibliothek die geistige Welt, mit seinem Konzert-Abonnement die Musik verloren geht, der ist ein armer Mann, und ohne Zweifel hat er zu jener schönen Welt des Geistigen schon vorher nicht das echte, richtige Verhältnis gehabt.

Denn das richtige Verhältnis zu diesen Dingen ist nicht das des Genießers, er sei noch so gebildet, noch so belesen, noch so kennerhaft bewandert. Der Genießer besitzt Kultur bloß so wie ein untätiger Reicher Geld besitzt – am Tage, wo er es verliert, ist er ärmer als der Bettler, dem es bei seiner Armut wohl sein kann.

Die Besitztümer der Kultur sind eben nicht unpersönliche Dinge, die man sich erwerben, die man einkaufen und benützen kann. Die Musik, die ein großer Künstler unter Kämpfen und tiefen Erschütterungen seines inneren Lebens geschaffen hat, kann ich mir nicht als behaglicher Zuhörer im Konzertsessel so leichthin zu eigen machen. Und das tiefe Wort eines Denkers oder Dulders, das aus Drang und Not geboren ist, kann ich mir nicht als träger Bücherleser im Lehnstuhl erwerben und zu eigen machen.

Im täglichen persönlichen Erleben macht jeder von uns die alte Erfahrung, daß keine Beziehung, keine Freundschaft, kein Gefühl uns treu bleibt und zuverlässig ist, dem wir nicht Blut vom eigenen Blut, dem wir nicht Liebe und Mitleben, Opfer und Kämpfe dargebracht haben. Jeder weiß und erlebt es, wie leicht es ist, sich zu verlieben, und wie schwer und schön es ist, wirklich zu lieben. Liebe ist, wie alle wirklichen Werte, nicht käuflich. Es gibt einen käuflichen Genuß, aber keine käufliche Liebe.

Die Erziehung, die wir vom Leben erfahren, fordert von jedem, der aus einem Kinde ein Mann werden soll, die Fähigkeit der Unterordnung und des Opferns, die Anerkennung von Zusammenhängen, deren Erhaltung und Pflege wir unsre eigene augenblickliche Lust und Begierde opfern müssen. Wir werden innerlich erwachsen und erzogen in der Stunde, wo wir diese Zusammenhänge anerkennen und uns ihnen nicht nur gezwungen, sondern freiwillig fügen. Darum ist der Verbrecher, der das niemals lernt, für unsere Erkenntnis ein Zurückgebliebener und Minderwertiger.

Ebenso wie die menschliche Gesellschaft den Einzelnen nur trägt und stützt, wenn er sie anerkennt und ihr Opfer bringt, so fordert die allen Menschen und Völkern gemeinsame Kultur von uns eine Anerkennung und Unterordnung, nicht bloß ein Kennenlernen, Benützen und Genießen. Sobald wir diese Anerkennung innerlich geleistet haben, erwerben wir den wahren Mitbesitz an den Gütern der Kultur. Und wer nur ein einziges Mal einen hohen Gedanken in sich zur Tat hat werden lassen, wer einer Erkenntnis ein Opfer gebracht hat, ist aus dem Kreise der Genießer ausgetreten und gehört zu denen, welchen ihr geistiger Besitz in jeder Lage treu und eigen bleibt.

Kein Mensch ist so arm, daß er nicht einmal am Tage zum Himmel aufblicken und sich eines guten, lebendigen Gedankens erinnern kann. Und der Gefangene, der auf dem Gang zur Arbeit einen guten Vers im Geiste wiederholt oder eine schöne Melodie vor sich hin summt, kann diese schönen Dinge mit all ihrer Tröstlichkeit inniger besitzen als mancher Verwöhnte, der sich längst in lauter Schönheiten und süßen Reizen müde gewühlt hat.

Du, der Du traurig und fern von den Deinen bist, lies zuweilen einen guten Spruch, ein Gedicht, erinnere Dich einer schönen Musik, einer schönen Landschaft, eines reinen und guten Augenblickes in Deinem Leben! Und sieh, ob nicht, wenn es Dir ernst ist, das Wunder geschieht, daß die Stunde heller, die Zukunft tröstlicher, das Leben liebenswerter ist!

Einsame Nacht

Die ihr meine Brüder seid,
Arme Menschen nah und ferne,
Die ihr im Bezirk der Sterne
Tröstung träumet eurem Leid,
Die ihr wortelos gefaltet
In die blaß gestirnte Nacht
Schmale Dulderhände haltet,
Die ihr leidet, die ihr wacht,
Arme, irrende Gemeinde,
Schiffer ohne Stern und Glück –
Fremde, dennoch mir Vereinte,
Gebt mir meinen Gruß zurück!

Wenn ich, von außen her, über mein Leben weg schaue, sieht es nicht besonders glücklich aus. Doch darf ich es noch weniger unglücklich heißen, trotz aller Irrtümer. Es ist am Ende auch ganz töricht, so nach Glück und Unglück zu fragen, denn mir scheint, die unglücklichsten Tage meines Lebens gäbe ich schwerer hin als alle heiteren. Wenn es in einem Menschenleben darauf ankommt, das Unabwendbare mit Bewußtsein hinzunehmen, das Gute und Üble recht auszukosten und sich neben dem äußeren ein inneres, eigentlicheres, nicht zufälliges Schicksal zu erobern, so war mein Leben nicht arm und nicht schlecht. Ist das äußere Schicksal über mich hingegangen wie über alle, unabwendbar und von Göttern verhängt, so ist mein inneres Geschick doch mein eigenes Werk gewesen, dessen Süße oder Bitterkeit mir zukommt und für das ich die Verantwortung allein auf mich zu nehmen denke.

Mein Leben ist arm und mühsam gewesen und scheint doch andern, und manchmal mir selbst, reich und herrlich. Mir erscheint das Menschenleben wie eine tiefe, traurige Nacht, die nicht zu ertragen wäre, wenn nicht da und dort Blitze flammten, deren plötzliche Helle so tröstlich und wunderbar ist, daß ihre Sekunden die Jahre des Dunkels auslöschen und rechtfertigen können.

Das Dunkel, die trostlose Finsternis, das ist der schreckliche Kreislauf des täglichen Lebens. Wozu steht man am Morgen auf, ißt, trinkt, legt sich abermals wieder hin? Das Kind, der Wilde, der gesunde junge Mensch, das Tier leidet unter diesem Kreislauf gleichgültiger Dinge und Tätigkeiten nicht. Wer nicht am Denken leidet, den freut das Aufstehen am Morgen und das Essen und Trinken, der findet Genüge darin und will es nicht anders. Wem aber diese Selbstverständlichkeit verlorenging, der sucht im Lauf der Tage begierig und wachsam nach den Augenblicken wahren Lebens, deren Aufblitzen beglückt und das Gefühl der Zeit samt allen Gedanken an Sinn und Ziel des Ganzen auslöscht. Man kann diese Augenblicke die schöpferischen nennen, weil es scheint, daß sie das Gefühl der Vereinigung mit dem Schöpfer bringen, weil man in ihnen alles, auch das sonst Zufällige, als gewollt empfindet. Es ist dasselbe, was die Mystiker die Vereinigung mit Gott nennen. Vielleicht ist es das überhelle Licht dieser Augenblicke, das alle übrigen so finster erscheinen läßt, vielleicht kommt es von der befreiten, zauberhaften Leichtigkeit und Schwebewonne jener Augenblicke, daß das übrige Leben so schwer und klebend und niederziehend empfunden wird. Ich weiß es nicht, ich habe es im Denken und Philosophieren nicht weit gebracht. Doch weiß ich: wenn es eine Seligkeit gibt und ein Paradies, so muß es eine ungestörte Dauer solcher Augenblicke sein; und wenn man diese Seligkeit durch Leid und Läuterung im Schmerz erlangen kann, so ist kein Leid und Schmerz so groß, daß man sie fliehen sollte.

Übrigens ist es nicht meine Meinung, daß das Leben ein Vergnügen und zum Vergnügen sei – es ist eine Tatsache und ein Zustand, dem wir nur durch möglichst waches Bewußtsein höheren Wert geben können. Daher geht mein Streben nicht auf möglichst viel Lust, sondern darauf, möglichst bewußt und möglichst wenig tierisch-unbewußt zu leben, ob das nun in Lust oder Leid geschehe. Darum lebe ich auch Zustände wie die in »Taedium vitae« ganz aus und suche sie nicht durch Ablenkung zu umgehen. Außerdem bin ich von der Unentrinnbarkeit des Determinierten so gründlich überzeugt, daß ich Gutes und Schlechtes zwar nicht unbewegt, aber doch ohne Auflehnungsversuche hinnehme.

Tun und Leiden, welche zusammen unser Leben ausmachen, sind ein Ganzes, sind Eines... Gut zu leiden wissen ist mehr als halb gelebt. Gut zu leiden wissen ist ganz gelebt!... Aus

Leiden kommt Kraft, aus Leiden kommt Gesundheit. Es sind immer die »gesunden« Menschen, welche plötzlich umfallen und an einem Luftzug sterben. Es sind die, welche nicht leiden gelernt haben, Leiden macht zäh, Leiden stählt.

Auf einem nächtlichen Marsch

Sturm und schräger Regenstrich,
Schwarze Felderweite,
Wolkenschatten feierlich
Geben uns Geleite.

Plötzlich aus erhelltem Schacht
Dunkler Wolkenhänge
Blickt die monderfüllte Nacht
Still in das Gedränge.

Himmelsinseln blauen rein,
Strenge Sterne grüßen,
Wolkenrand im Mondesschein
Wallt in Silberflüssen.

Seele, Seele, sei bereit!
Ferne Brüder rufen
Aus der Finsternis der Zeit
Dich zu goldnen Stufen.

Seele, nimm das Zeichen an,
Bade dich im Weiten!
Gott wird deine dunkle Bahn
Noch zum Lichte leiten.

Alte Musik

Vor den Fenstern meines einsamen Landhauses fiel zäh und hoffnungslos der graue Regen, und ich hatte wenig Lust, noch einmal die Stiefel anzuziehen und den weiten schmutzigen Weg in die Stadt zu machen. Aber ich war allein, und meine Augen schmerzten von langer Arbeit, und von allen Wänden meines Studierzimmers sahen mich die goldenen Bücherreihen mit ihren schweren Fragen und Pflichten unleidlich an, die Kinder lagen schon schlafend in ihren Betten, und mein kleines Kaminfeuer war ausgegangen. Ich entschloß mich also zu gehen, suchte das Konzertbillett hervor, zog die Stiefel an, legte den Hund an die Kette und machte mich im Regenmantel auf den Weg durch Schmutz und Nässe.

Die Luft war frisch und duftete bitter, schwarz kroch der Feldweg zwischen den hohen krummen Eichen in launigen Bogen um die Nachbargüter. Aus einem Portierhäuschen schimmerte Licht. Ein Hund schlug an, kam ins Zürnen, bellte höher und höher hinauf und mußte, sich überschlagend, plötzlich aufhören. Aus einem Landhause hinter schwarzen Gebüschen hervor tönte Klavierspiel. Nichts Schöneres und Sehnsüchtigeres, als so am Abend allein im Feld zu gehen und aus einem einsamen Hause Musik zu hören; eine Ahnung von allem Guten und Liebenswerten wacht da auf, von Heimat und Lampenlicht, Abendfeierlichkeit in stillen Räumen, von Frauenhänden und alter häuslicher Kultur.

Da war schon die erste Laterne, stiller bleicher Vorposten der Stadt, und wieder eine, und nahe schimmernde Vorstadtgiebel, und dann plötzlich hinter der Mauerecke blendend in grellem Bogenlicht die Tramstation, wartende Menschen in langen Mänteln, plaudernde Kondukteure mit nassen, triefenden Mützen und matt auf feuchten Röcken schimmernden Uniformknöpfen. Ein Wagen knatterte heran, blaue Blitze unter sich, hell und warm mit breiten Glasscheiben. Ich steige auf, wir fahren, aus dem erleuchteten Glasgehäuse sehe ich nächtige Straßen breit und öde, an der Ecke da und dort eine Frau, die unterm Regenschirm auf unsern Wagen wartet, und jetzt hellere und lebendigere Straßen, und plötzlich strahlend jenseits der hohen Brücke die ganze Stadt im Abendglanz der Fenster und Laternen und unter der Brücke tief und fern das Flußtal mit dem dunkel heraufspiegelnden Wasser und den weißschaumigen Wehren.

Ich steige aus und gehe durch die Arkaden einer schmalen Gasse dem Münster entgegen. Auf dem kleinen Münsterplatz funkelt ein Laternenlicht schwach und kühl im nassen Steinpflaster, auf der Terrasse wehen die Kastanienbäume, über dem rötlich erleuchteten Portal verschwindet schmal in unendlicher Höhe der gotische Turm in die nasse Nacht. Ich warte ein wenig im Regen, werfe endlich die Zigarre weg, trete in den hohen Spitzbogen. Menschen in feuchten Kleidern stehen gedrängt, hinter seiner hellen Scheibe sitzt der Kassierer, ein Mann fordert meine Karte, ich trete in den Dom, den Hut in der Hand, und alsbald weht aus schwach erhellten Riesengewölben mir erwartungsvolle heilige Luft entgegen. Kleine Ampeln senden zaghafte Lichtstrahlen an den Säulen und Pfeilerbündeln empor, Strahlen, die sich im grauen Gestein verlieren und hoch oben warm und zart in den Wölbungen versickern. Ein paar Bänke sind dicht besetzt, weiterhin steht Schiff und Chor fast leer. Ich schleiche auf Zehen – auch so noch hallt mein Schritt mir leisdröhnend nach – durch den großen feierlichen Raum, im dunklen Chor stehen alte, schwere Holzbänke mit geschnitzten Lehnen, wartend, ich schlage einen Sitz herunter, der hölzerne Klang tönt dumpf in der steinernen Höhe wider.

Zufrieden niste ich mich in dem weiten, tiefen Sessel ein, ich ziehe ein Programm hervor, es ist aber zu dunkel zum Lesen. Ich besinne mich, kann mich aber nimmer genau erinnern: es war ein Orgelstück eines verstorbenen französischen Meisters angekündigt, und eine alte italienische Geigensonate, wer weiß von wem, vielleicht von Veracini oder Nardini oder Tartini, und dann ein Vorspiel und eine Fuge von Bach. Zwei, drei schwarze Gestalten kommen noch in den Chor geschlichen, setzen sich, jeder weit vom andern, graben sich tief in den alten Sitzen ein. Jemand läßt ein Buch fallen, hinter mir höre ich zwei Mädchenstimmen flüstern. Nun Ruhe, Ruhe. Fern auf dem beleuchteten Lettner, zwischen den beiden runden Lampen und vor den kühl glänzenden hohen Orgelpfeifen steht ein Mann, er winkt, er setzt sich, ein erwartungsvoller Atemzug geht durch die kleine Gemeinde. Ich mag nicht hinsehen, ich schaue zurückgelehnt hoch in die Wölbungen hinauf und atme die verschwiegene Kirchenluft. Ich denke: Wie mag man nun Sonntag für Sonntag im hellen Tageslicht sich in diese heiligen Räume setzen, nah und eng aufeinander, und der Predigt zuhören, die, sie sei noch so schön und so gescheit, in diesem hohen Tempel nur nüchtern klingen und enttäuschen kann.

Da, ein hoher starker Orgelton. Er füllt, anwachsend, den ungeheuren Raum, er wird selber zum Raume, umhüllt uns ganz. Er wächst und ruht aus, und andere Töne begleiten ihn, und plötzlich stürzen sie alle in einem hastigen Davonfliegen in die Tiefe, beugen sich, beten an, trotzen auch und verharren gebändigt im harmonischen Baß. Und nun schweigen sie, eine Pause weht wie der Hauch vor einem

Gewitter durch die Hallen. Und jetzt wieder: mächtige Töne erheben sich in tiefer, herrlicher Leidenschaft, schwellen stürmend hinan, schreien hoch und hingegeben ihre Klage an Gott, schreien nochmals und dringender, lauter, und verstummen. Und wieder heben sie an, wieder hebt dieser kühne und versunkene Meister seine mächtige Stimme zu Gott, klagt und ruft an, weint sein Lied in stürmenden Tonreihen gewaltig aus, und ruht und spinnt sich ein und preist Gott in einem Choral der Ehrfurcht und Würde, spannt goldene Bögen durch die hohe Dämmerung, läßt Säulen und tönende Säulenbündel hinansteigen und baut den Dom seiner Anbetung empor, bis er steht und in sich ruht, und er steht noch und ruht und umschließt uns alle, als schon die Töne verklungen sind.

Ich muß denken: Wie miserabel kleinlich und schlecht führen wir doch unser Leben! Wer von uns dürfte denn so vor Gott und vor das Schicksal treten wie dieser Meister, mit solchen Rufen der Anklage und des Dankes, mit so emporgebäumter Größe eines tiefgesinnten Wesens? Ach, man sollte anders leben, anders sein, mehr unterm Himmel und unter den Bäumen, mehr für sich allein und näher bei den Geheimnissen der Schönheit und Größe.

Die Orgel hebt wieder an, tief und leise, ein langer, stiller Akkord; und über ihn hinweg steigt eine Geigenmelodie in die Höhe, in wundervoll geordneten Stufen, wenig klagend, wenig fragend, aber aus geheimer Seligkeit und Geheimnisfülle singend und schwebend, schön und leicht wie der Schritt eines jungen hübschen Mädchens. Die Melodie wiederholt sich, ändert sich, verbiegt sich, sucht verwandte Figuren und hundert feine, spielende Arabesken auf, windet sich flüssig auf engsten Pfaden und geht frei und gereinigt wieder hervor als ein stillgewordenes, geklärtes Gefühl.

Hier ist keine Größe, hier ist kein Schrei und keine Tiefe des Leidens, noch auch hohe Ehrfurcht, hier ist nichts als die Schönheit einer begnügten, frohen Seele. Sie hat uns nichts anderes zu sagen, als daß die Welt schön und voll von göttlicher Ordnung und Harmonie ist, ach, und welche Botschaft hören wir seltener und haben wir nötiger als diese frohe!

Man fühlt es, ohne es zu sehen, in der ganzen großen Kirche wird jetzt von vielen Gesichtern gelächelt, froh und rein gelächelt, und mancher findet diese alte schlichte Musik ein wenig naiv und veraltet, und lächelt doch auch und schwimmt mit in dem einfachen klaren Strom, dem zu folgen eine Wonne ist.

Man spürt es noch in der Pause, die kleinen Geräusche, Geflüster und Zurechtrücken in den Bänken, tönen froh und munter, man freut sich und geht befreit einer neuen Pracht entgegen. Und sie kommt. Mit großer, freier Gebärde tritt der Meister Bach in seinen Tempel, grüßt Gott mit Dankbarkeit, erhebt sich von der Anbetung und schickt sich an, nach dem Text eines Kirchenliedes seiner Andacht und Sonntagsstimmung froh zu werden. Aber kaum hat er begonnen und ein wenig Raum gefunden, so treibt er seine Harmonien tiefer, baut Melodien ineinander und Harmonien ineinander in bewegter Vielstimmigkeit, und stützt und hebt und rundet seinen Tönebau weit über die Kirche hinaus zu einem Sternenraum voll edler, vollkommener Systeme, als sei Gott schlafen gegangen und habe ihm seinen Stab und Mantel übergeben. Er wettert in zusammengeballten Wolken und öffnet wieder freie, heitere Lichträume, er führt Planeten und Sonnen triumphierend herauf, er ruht lässig im hohen Mittag und lockt zur rechten Zeit die Schauer des kühlen Abends hervor. Und er endet prächtig und gewaltig wie die untergehende Sonne und hinterläßt im Verstummen die Welt voll Glanz und Seele.

Still gehe ich durch den hohen Raum und über den kleinen verschlafenen Platz, still über die hohe Flußbrücke und durch die Laternenreihen zur Stadt hinaus. Der Regen hat aufgehört, hinter einer ungeheuren Wolke, die das ganze Land bedeckt, ahnt man in wenigen Ritzen Mondlicht und schöne Nachthelle. Die Stadt verschwindet, und die Eichen an meinem Feldweg rauschen in einem sanften frischen Winde. Und ich steige sacht die letzte Höhe hinan und betrete mein schlafendes Haus, zu den Fenstern spricht die Ulme herein. Nun mag ich gern zur Ruhe gehen und wieder eine Weile das Leben erproben und sein Spielball sein.

Die Stadt

»Es geht vorwärts!« rief der Ingenieur, als auf der gestern neugelegten Schienenstrecke schon der zweite Eisenbahnzug voll Menschen, Kohlen, Werkzeugen und Lebensmitteln ankam. Die Prärie glühte leise im gelben Sonnenlicht, blaudunstig stand am Horizont das hohe Waldgebirge. Wilde Hunde und erstaunte Präriebüffel sahen zu, wie in der Einöde Arbeit und Getümmel anhob, wie im grünen Lande Flecken von Kohlen und von Asche und von Papier und von Blech entstanden. Der erste Hobel schrillte durch das erschrockene Land, der erste Flintenschuß donnerte auf und verrollte am Gebirge hin, der erste Amboß klang helltönig unter raschen Hammerschlägen auf. Ein Haus aus Blech entstand, und am nächsten Tage eines aus Holz, und andere, und täglich neue, und bald auch steinerne. Die wilden Hunde und Büffel blieben fern, die Gegend wurde zahm und

Schicksalstage

Wenn die trüben Tage grauen,
Kalt und feindlich blickt die Welt,
Findet scheu sich Dein Vertrauen
Ganz auf dich allein gestellt.

Aber in dich selbst verwiesen
Aus der alten Freuden Land,
Siehst Du neuen Paradiesen
Deinen Glauben zugewandt.

–

Als dein Eigenstes erkennst Du,
Was dir fremd und feind erschien,
Und mit neuen Namen nennst Du
Dein Geschick und nimmst es hin.

–

Was dich zu erdrücken drohte,
Zeigt sich freundlich, atmet Geist,
Ist ein Führer, ist ein Bote,
Der dich hoch und höher weist.

Hermann Hesse

fruchtbar, es wehten schon im ersten Frühjahr Ebenen voll grüner Feldfrucht, Höfe und Ställe und Schuppen ragten daraus auf, Straßen schnitten durch die Wildnis.

Der Bahnhof wurde fertig und eingeweiht, und das Regierungsgebäude, und die Bank, mehrere kaum um Monate jüngere Schwesterstädte erwuchsen in der Nähe. Es kamen Arbeiter aus aller Welt, Bauern und Städter, es kamen Kaufleute und Advokaten, Prediger und Lehrer, es wurde eine Schule gegründet, drei religiöse Gemeinschaften, zwei Zeitungen. Im Westen wurden Erdölquellen gefunden, es kam großer Wohlstand in die junge Stadt. Noch ein Jahr, da gab es schon Taschendiebe, Zuhälter, Einbrecher, ein Warenhaus, einen Alkoholgegnerbund, einen Pariser Schneider, eine bayrische Bierhalle. Die Konkurrenz der Nebenstädte beschleunigte das Tempo. Nichts fehlte mehr, von der Wahlrede bis zum Streik, vom Kinotheater bis zum Spiritistenverein. Man konnte französischen Wein, norwegische Heringe, italienische Würste, englische Kleiderstoffe, russischen Kaviar in der Stadt haben. Es kamen schon Sänger, Tänzer und Musiker zweiten Ranges auf ihren Gastreisen in den Ort.

Und es kam auch langsam die Kultur. Die Stadt, die anfänglich nur eine Gründung gewesen war, begann eine Heimat zu werden. Es gab hier eine Art, sich zu grüßen, eine Art, sich im Begegnen zuzunicken, die sich von den Arten in andern Städten leicht und zart unterschied. Männer, die an der Gründung der Stadt teilgehabt hatten, genossen Achtung und Beliebtheit, ein kleiner Adel strahlte von ihnen aus. Ein junges Geschlecht wuchs auf, dem erschien die Stadt schon als eine alte, beinahe von Ewigkeit stammende Heimat. Die Zeit, da hier der erste Hammerschlag erschollen, der erste Mord geschehen, der erste Gottesdienst gehalten, die erste

Zeitung gedruckt worden war, lag ferne in der Vergangenheit, war schon Geschichte.

Die Stadt hatte sich zur Beherrscherin der Nachbarstädte und zur Hauptstadt eines großen Bezirkes erhoben. An breiten, heiteren Straßen, wo einst neben Aschenhaufen und Pfützen die ersten Hütten aus Brettern und Wellblech gestanden hatten, erhoben sich ernst und ehrwürdig Amtshäuser und Banken, Theater und Kirchen, Studenten gingen schlendernd zur Universität und Bibliothek, Krankenwagen fuhren leise zu den Kliniken, der Wagen eines Abgeordneten wurde bemerkt und begrüßt, in zwanzig gewaltigen Schulhäusern aus Stein und Eisen wurde jedes Jahr der Gründungstag der ruhmreichen Stadt mit Gesang und Vorträgen gefeiert. Die ehemalige Prärie war von Feldern, Fabriken, Dörfern bedeckt und von zwanzig Eisenbahnlinien durchschnitten, das Gebirge war nahegerückt und durch eine Bergbahn bis ins Herz der Schluchten erschlossen. Dort, oder fern am Meer, hatten die Reichen ihre Sommerhäuser.

Ein Erdbeben warf, hundert Jahre nach ihrer Gründung, die Stadt bis auf kleine Teile zu Boden. Sie erhob sich von neuem, und alles Hölzerne ward nun Stein, alles Kleine groß, alles Enge weit. Der Bahnhof war der größte des Landes, die Börse die größte des ganzen Erdteils, Architekten und Künstler schmückten die verjüngte Stadt mit öffentlichen Bauten, Anlagen, Brunnen, Denkmälern. Im Laufe dieses neuen Jahrhunderts erwarb sich die Stadt den Ruf, die schönste und reichste des Landes und eine Sehenswürdigkeit zu sein. Politiker und Architekten, Techniker und Bürgermeister fremder Städte kamen gereist, um die Bauten, Wasserleitungen, die Verwaltung und andere Einrichtungen der berühmten Stadt zu studieren. Um jene Zeit begann der Bau des neuen Rathauses, eines der größten und herrlichsten Gebäude der Welt, und da diese Zeit beginnenden Reichtums und städtischen Stolzes glücklich mit einem Aufschwung des allgemeinen Geschmacks, der Baukunst und Bildhauerei vor allem, zusammentraf, ward die rasch wachsende Stadt ein keckes und wohlgefälliges Wunderwerk. Den innern Bezirk, dessen Bauten ohne Ausnahme aus einem edlen, hellgrauen Stein bestanden, umschloß ein breiter grüner Gürtel herrlicher Parkanlagen, und jenseits dieses Ringes verloren sich Straßenzüge und Häuser in weiter Ausdehnung langsam ins Freie und Ländliche. Viel besucht und bewundert wurde ein ungeheures Museum, in dessen hundert Sälen, Höfen und Hallen die Geschichte der Stadt von ihrer Entstehung bis zur letzten Entwicklung dargestellt war. Der erste, ungeheure Vorhof dieser Anlage stellte die ehemalige Prärie dar, mit wohlgepflegten Pflanzen und Tieren und genauen Modellen der frühesten elenden Behausungen, Gassen und Einrichtungen. Da lustwandelte die Jugend der Stadt und betrachtete den Gang ihrer Geschichte, vom Zelt und Bretterschuppen an, vom ersten unebenen Schienenpfad bis zum Glanz der großstädtischen Straßen. Und sie lernten daran, von ihren Lehrern geführt und unterwiesen, die herrlichen Gesetze der Entwicklung und des Fortschritts begreifen, wie aus dem Rohen das Feine, aus dem Tier der Mensch, aus dem Wilden der Gebildete, aus der Not der Überfluß, aus der Natur die Kultur entstehe.

Im folgenden Jahrhundert erreichte die Stadt den Höhepunkt ihres Glanzes, der sich in reicher Üppigkeit entfaltete und eilig steigerte, bis eine blutige Revolution der unteren Stände dem ein Ziel setzte. Der Pöbel begann damit, viele von den großen Erdölwerken, einige Meilen von der Stadt entfernt, anzuzünden, so daß ein großer Teil des Landes mit

Fabriken, Höfen und Dörfern teils verbrannte, teils verödete. Die Stadt selbst erlebte zwar Gemetzel und Greuel jeder Art, blieb aber bestehen und erholte sich in nüchternen Jahrzehnten wieder langsam, ohne aber das frühere flotte Leben und Bauen je wieder zu vermögen. Es war während ihrer üblen Zeit ein fernes Land jenseits der Meere plötzlich aufgeblüht, das lieferte Korn und Eisen, Silber und andere Schätze mit der Fülle eines unerschöpften Bodens, der noch willig hergibt. Das neue Land zog die brachen Kräfte, das Streben und Wünschen der alten Welt gewaltsam an sich, Städte blühten dort über Nacht aus der Erde, Wälder verschwanden, Wasserfälle wurden gebändigt.

Die schöne Stadt begann langsam zu verarmen. Sie war nicht mehr Herz und Gehirn einer Welt, nicht mehr Markt und Börse vieler Länder. Sie mußte damit zufrieden sein, sich am Leben zu erhalten und im Lärme neuer Zeiten nicht ganz zu erblassen. Die müßigen Kräfte, soweit sie nicht nach der fernen neuen Welt fortschwanden, hatten nichts mehr zu bauen und zu erobern und wenig mehr zu handeln und zu verdienen. Statt dessen keimte in dem nun alt gewordenen Kulturboden ein geistiges Leben, es gingen Gelehrte und Künstler von der stillwerdenden Stadt aus, Maler und Dichter. Die Nachkommen derer, welche einst auf dem jungen Boden die ersten Häuser erbaut hatten, brachten lächelnd ihre Tage in stiller, später Blüte geistiger Genüsse und Bestrebungen hin, sie malten die wehmütige Pracht alter moosiger Gärten mit verwitterten Statuen und grünen Wassern und sangen in zarten Versen vom fernen Getümmel der alten heldenhaften Zeit oder vom stillen Träumen müder Menschen in alten Palästen.

Damit klangen der Name und Ruhm dieser Stadt noch einmal durch die Welt. Mochten draußen Kriege die Völker erschüttern und große Arbeiten sie beschäftigen, hier wußte man in verstummter Abgeschiedenheit den Frieden walten und den Glanz versunkener Zeiten leise nachdämmern: stille Straßen, von Blütenzweigen überhangen, wetterfarbene Fassaden mächtiger Bauwerke über lärmlosen Plätzen träumend, moosbewachsene Brunnenschalen in leiser Musik von spielenden Wassern überronnen.

Manche Jahrhunderte war die alte träumende Stadt für die jüngere Welt ein ehrwürdiger und geliebter Ort, von Dichtern besungen und von Liebenden besucht. Doch drängte das Leben der Menschheit immer mächtiger nach anderen Erdteilen hin. Und in der Stadt selbst begannen die Nachkommen der alten einheimischen Familien auszusterben oder zu verwahrlosen. Es hatte auch die letzte geistige Blüte ihr Ziel längst erreicht, und übrig blieb nur verwesendes Gewebe. Die kleineren Nachbarstädte waren seit längeren Zeiten ganz verschwunden, zu stillen Ruinenhaufen geworden, zuweilen von ausländischen Malern und Touristen besucht, zuweilen von Zigeunern und entflohenen Verbrechern bewohnt.

Nach einem Erdbeben, das indessen die Stadt selbst verschonte, war der Lauf des Flusses verschoben und ein Teil des verödeten Landes zu Sumpf, ein anderer dürr geworden. Und von den Bergen her, wo die Reste uralter Steinbrücken und Landhäuser zerbröckelten, stieg der Wald, der alte Wald, langsam herab. Er sah die weite Gegend öde liegen und zog langsam ein Stück nach dem andern in seinen grünen Kreis, überflog hier einen Sumpf mit flüsterndem Grün, dort ein Steingeröll mit jungem, zähem Nadelholz.

In der Stadt hausten am Ende keine Bürger mehr, nur noch Gesindel, unholdes, wildes Volk, das in den schiefen, einsinkenden Palästen der Vorzeit Obdach nahm und in den ehemaligen Gärten und Straßen seine mageren Ziegen weidete. Auch diese letzte Bevölkerung starb allmählich in Krankheiten und Blödsinn aus, die ganze Landschaft war seit der Versumpfung von Fieber heimgesucht und der Verlassenheit anheimgefallen.

Die Reste des alten Rathauses, das einst der Stolz seiner Zeit gewesen war, standen noch immer sehr hoch und mächtig, in Liedern aller Sprachen besungen und ein Herd unzähliger Sagen der Nachbarvölker, deren Städte auch längst verwahrlost waren und deren Kultur entartete. In Kinder-Spukgeschichten und melancholischen Hirtenliedern tauchten entstellt und verzerrt noch die Namen der Stadt und der gewesenen Pracht gespenstisch auf, und Gelehrte ferner Völker, deren Zeit jetzt blühte, kamen zuweilen auf gefährlichen Forschungsreisen in die Trümmerstädte, über deren Geheimnisse die Schulknaben entfernter Länder sich begierig unterhielten. Es sollten Tore von reinem Gold und Grabmäler voll von Edelsteinen dort sein, und die wilden Nomadenstämme der Gegend sollten aus alten fabelhaften Zeiten her verschollene Reste einer tausendjährigen Zauberkunst bewahren.

Der Wald aber stieg weiter von den Bergen her in die Ebene, Seen und Flüsse entstanden und vergingen, und der Wald rückte vor und ergriff und verhüllte langsam das ganze Land, die Reste der alten Straßenmauern, der Paläste, Tempel, Museen, und Fuchs und Marder, Wolf und Bär bevölkerten die Einöde.

Über einem der gestürzten Paläste, von dem kein Stein mehr am Tage lag, stand eine junge Kiefer, die war vor einem Jahr noch der vorderste Bote und Vorläufer des heranwachsenden Waldes gewesen. Nun aber schaute auch sie schon wieder weit auf jungen Wuchs hinaus.

»Es geht vorwärts!« rief ein Specht, der am Stamme hämmerte, und sah den wachsenden Wald und den herrlichen, grünenden Fortschritt auf Erden zufrieden an.

Zusammenhang

Aus lang verschwundener Völker Liedern her
Klingt oft ein Ton verwandt uns bis ins Herz,
Daß wir betroffen und mit halbem Schmerz
Hinüberlauschen, ob dort Heimat wär.

So auch ist unsres Herzschlags Ab und Auf
In festem Bann geknüpft ans Herz der Welt,
Das unsern Schlaf und unser Wachen hält
Im Einklang mit der Sonn' und Sterne Lauf.

Und unsrer wildesten Wünsche trübe Flut
Und unsrer frechsten Träume Fieberbrand
Ist Geist vom Urgeist, der noch nie geruht.

So gehn wir, unsre Fackeln in der Hand,
Gezeugt, genährt von uralt heiliger Glut
Und ewig neuen Sonnen zugewandt.

»Bist du eigentlich glücklich?«

Plötzlich steigt mir wie eine Seifenblase die Frage auf: Bist du eigentlich glücklich?

Ja, natürlich. Aber warte noch – nein, so eigentlich glücklich – nein, doch ich muß mich erst besinnen. Und wie ich mich besinne, fällt mir ein, daß man nicht vom Glück reden soll. Glück ist ja nichts, ein Wort, ein Unsinn; es kommt auf andres an. Indem ich nachdenke, verwandelt sich die Frage. Ich möchte nun auf einmal wissen, wann mein frohester Tag, meine seligste Stunde war.

Mein frohester Tag! Ich muß lachen. In meiner Erinnerung, da, wo die guten, reinen, köstlichen Augenblicke aufgeschrieben sind, steht einer neben dem andern, zehn und hundert, und viel mehr als hundert, und jeder ist fehlerlos, mit ungetrübter Lust erfüllt, und einer ist so schön wie der andre, und keiner gleicht dem andern ...

Ich finde kein Ende. Wieviel Sonnen haben mich verbrannt, wieviel Flüsse und Ströme mich gekühlt, wieviel Wege mich getragen und Bäche mich begleitet! Wieviel Blicke in blaue Himmel und in unvergeßlich lebendige, liebe Menschenaugen habe ich getan, wieviel Tiere liebgehabt und an mich gelockt! Von diesen Augenblicken ist keiner schöner als der andere. Auch dieser gegenwärtige, da ich den Becher langsam leere, der Musik lausche und liebe Erinnerungen hege, auch dieser gegenwärtige Augenblick ist keiner von den schlechten.

O nein! Und ich träume weiter. Und sieh, andre Bilder steigen aus dem Meere des Erlebten – Stunden des Leides, Tage der Trauer, der Scham, der Reue, Augenblicke des Erliegens, der Todesnähe, des Grauens. Ich sehe den Tag wieder, da meine erste, unvergessene Liebe betrogen ward und unter Qualen starb. Den Tag, da ein Bote kam und grüßte und Geld heischte und die Botschaft da ließ, daß fern in der Heimat meine Mutter gestorben war. Die Nacht, da mich mein Jugendfreund im Rausch beschimpfte. Tage, da ich nicht wußte, woher die Pfennige zu einem Brot nehmen, während meine Mappe von Gedichten und leidenschaftlichen Artikeln überquoll. Die vielen Stunden, da ich liebe Freunde leiden und verzweifeln sah und daneben stand und litt und nicht helfen, nicht trösten, nicht lindern konnte.

Und die Augenblicke, in denen ich vor Leuten stand, die reich waren und Macht über mich hatten, und ihre geringschätzigen Worte hörte und meine im Krampf geballte Faust verbergen mußte. Die Gesellschaft, in der ich die Hand beständig auf die schmählich geflickte Stelle meines Rokkes legte. Alle die Nächte, in denen ich schlaflos lag und nicht wußte, wozu ich dies Leben weiterführe. Und alle die Nächte, da ich am Wirtshaustisch mitlachte und Possen riß, und lustig tat, während mir innen elend und traurig zumute war. Auch die Zeiten hoffnungsloser Liebe, die Zeiten der Glaubenslosigkeit und Selbstverhöhnung, wenn wieder ein begonnenes Werk mißglückt, ein Ideal verloren, ein Versuch fehlgeschlagen war.

Auch hier kein Ende! Aber welche von diesen Stunden möchte ich hergeben, welche ausstreichen und vergessen? Keine, keine einzige; auch die bittersten nicht.

... Ich überschaue träumend die hundert Erinnerungen, die in dieser Stunde mich besucht haben. So viel Tage, so viel Abende, so viel Stunden, so viel Nächte – und alles zusammen ist noch lange kein Zehntel meines Lebens. Wo sind die andern? Wo sind die tausend Tage, die tausend Abende, die Millionen Augenblicke, an die mich nichts mehr mahnt, die nimmer aufwachen und mich ansehen können? Vorbei, dahin, unwiederbringlich vorüber!

Und dieser Abend? Wo wird er bleiben? Wird er irgendeinmal wieder erwachen und mir gegenwärtig sein und mich laut und sehnlich an ein vergangenes Damals mahnen? Ich glaube nicht, ich glaube, er wird morgen oder übermorgen vergangen und tot sein und nie wiederkommen. Und wenn ich heute nicht gearbeitet und mich gemüht hätte und ein kleines, kleines Stück vorwärts gekommen wäre, so sänke morgen oder übermorgen dieser ganze Tag, dies gegenwärtige Heute, unrettbar ins Bodenlose, zu den vielen begrabenen Tagen, von denen ich nichts mehr weiß.

Wem es nicht gegeben ist, mit der großen einseitigen Leidenschaft eines vom Dämon berührten Schicksals blind und glühend durch ein nie rastendes Leben zu stürmen, der tut wohl daran, sich zeitig in der Kunst der Erinnerung, der ersten aller Künste, zu üben. Die Kraft des Genießens und die des Erinnerns sind eine von der andern abhängig. Genießen heißt, einer Frucht ohne Rest ihre Süßigkeit entpressen. Und Erinnerung heißt die Kunst, einmal Genossenes nicht nur festzuhalten, sondern es immer reiner auszuformen. Jeder von uns tut das unbewußt. Er denkt an seine Kinderzeit und sieht dabei nicht mehr ein Wirrwarr von kleinem Geschehen, sondern die zur Phantasie gewordene Erinnerung spannt seligblaue Himmel über ihm aus und mischt das Andenken von tausend Schönheiten zu einem mit Worten nicht zu erschöpfenden Lustgefühl.

Indem so das Rückwärtsschauen die Genüsse entfernter Tage nicht nur wiedergenießt, sondern jeden zu einem Sinnbild des Glückes, zu einem Sehnsuchtsziel und Paradies erhöht, lehrt es immer wieder neu genießen. Wer einmal weiß, wieviel Lebensgefühl, Wärme und Glanz er in eine kurze Stunde pressen kann, der wird nun auch die Gaben jedes neuen Tages möglichst rein aufnehmen wollen. Und er wird auch dem Leid gerechter werden; er wird einen großen Schmerz ebenso lauter und ernst zu kosten versuchen. Denn er weiß, daß auch das Andenken dunkler Tage ein schönes und heiliges Besitztum ist.

Glück

Solang du nach dem Glücke jagst,
Bist du nicht reif zum Glücklichsein,
Und wäre alles Liebste dein.

Solang du um Verlornes klagst
Und Ziele hast und rastlos bist,
Weißt du noch nicht, was Friede ist.

Erst wenn du jedem Wunsch entsagst,
Nicht Ziel mehr noch Begehren kennst,
Das Glück nicht mehr mit Namen nennst,

Dann reicht dir des Geschehens Flut
Nicht mehr ans Herz, und deine Seele ruht.

Das Leben ist sinnlos, grausam, dumm und dennoch prachtvoll. Es macht sich nicht über den Menschen lustig (denn dazu gehört Geist), aber es kümmert sich um den Menschen nicht mehr als um den Regenwurm. Daß ausgerechnet der Mensch eine Laune und ein grausames Spiel der Natur sei, ist ein Irrtum, den der Mensch sich erfindet, weil er sich zu wichtig nimmt. Wir müssen erst sehen, daß wir Menschen es keineswegs schwerer haben als jeder Vogel und jede Ameise, sondern eher leichter und schöner. Wir müssen die Grausamkeit des Lebens und die Unentrinnbarkeit des Todes erst in uns aufnehmen, nicht durch Jammern, sondern durch Auskosten dieser Verzweiflung. Erst dann, wenn man die ganze Scheußlichkeit oder Sinnlosigkeit der Natur in sich aufgenommen hat, kann man beginnen, sich dieser rohen Sinnlosigkeit gegenüber zu stellen und sie zu einem Sinn zu zwingen. Es ist das Höchste, wozu der Mensch fähig ist, und es ist das Einzige, wozu er fähig ist. Alles andere macht das Vieh besser.

Ein Stück Tagebuch

Heut nacht träumte ich sehr viel, ohne doch etwas Deutliches davon noch im Gedächtnis zu haben. Nur das weiß ich noch, daß die Erlebnisse und Gedanken dieser Träume in zwei Richtungen liefen: die einen waren ganz beschäftigt und erfüllt mit allerlei Leid, das mir widerfuhr – die andern waren voll Sehnsucht und Streben, dieses Leides durch vollkommenes Verständnis, durch Heiligkeit Herr zu werden. So zwischen Elend und Selbstbesinnung, so zwischen Jammer und innigstem Streben liefen stundenlang bis zur schmerzlichen Ermüdung meine Gedanken, Wünsche und Phantasien sich an steilen Wänden wund, sie verwandelten sich zu Zeiten in halbdunkle körperliche Gefühle: seltsam genau umschriebene, äußerst differenzierte Zustände von Trauer, von Qual, von Herzensmüdigkeit stellten sich in Bildern und Anklängen sinnlich dar, und gleichzeitig traten in einer andern Schicht der Seele Regungen von mehr geistiger Energie auf: Mahnung zu Geduld, zu Kampf, zur Fortsetzung des Weges, der kein Ende hat. Einem Seufzer hier entsprach ein mutiger Schritt dort; ein Qualgefühl auf der einen Stufe fand Antwort in einer Mahnung, einem Antrieb, einer Selbstbesinnung auf der andern Stufe.

Wenn es überhaupt einen Sinn hat, bei solchen Erlebnissen zu verweilen und sich lauschend über den Rand von Wassern und Schluchten zu bücken, die man in sich trägt, dann kann dieser Sinn sich nur ergeben, wenn wir möglichst treu und genau den Regungen unserer Seele zu folgen suchen – viel weiter und viel tiefer, als Worte reichen. Wer das aufzuzeichnen versucht, der tut es mit dem Gefühl, mit dem man in fremder, kaum flüchtig erlernter Sprache über zarte, heikle, persönliche Dinge reden würde.

Mein Zustand und Erlebniskreis war also dieser: einerseits Erleben schweren Leides, anderseits bewußtes Streben nach Überwindung des Leides, nach reinem Einklang mit dem Schicksal. So etwa urteilte mein Bewußtsein oder doch eine erste Stimme in meinem Bewußtsein. Eine zweite Stimme, leiser, doch tiefer und nachtönender, stellte die Lage anders dar. Diese Stimme (die ich gleich der ersten im Schlaf und Traum deutlich, doch ferne hörte) gab nicht dem Leiden unrecht, und dem geistig-energischen Streben nach Vervollkommnung recht, sondern verteilte Recht und Unrecht auf beide. Diese zweite Stimme sang von der Süßigkeit des Leidens, sie sang von seiner Notwendigkeit, sie wollte nichts von Überwindung oder Abschaffung des Leidens wissen, sondern von seiner Vertiefung und Beseelung.

Die erste Stimme sagte, grob in Worte übersetzt, etwa so: »Leid ist Leid, daran ist nicht zu markten. Es tut weh. Es peinigt. Es gibt Kräfte, die das Leid überwinden können. Also suche diese Kräfte, pflege sie, übe sie, rüste dich mit ihnen! Du wärest ein Narr und Schwächling, wenn du ewig weiter leiden und leiden wolltest.«

Die zweite Stimme aber sagte, grob übersetzt, etwa so: »Leid tut nur weh, weil du es fürchtest. Leid tut nur weh, weil du es schiltst. Es verfolgt dich nur, weil du vor ihm fliehst. Du mußt nicht fliehen, du mußt nicht schelten, du mußt nicht fürchten. Du mußt lieben. Du weißt ja alles selbst, du weißt in deinem Innersten ganz wohl, daß es nur einen einzigen Zauber, eine einzige Kraft, eine einzige Erlösung und ein einziges Glück gibt und daß es Lieben heißt. Also liebe das Leid! Widersteh ihm nicht, entflieh ihm nicht! Koste, wie süß es im Innersten ist, gib dich ihm hin, empfange es nicht mit Widerwillen! Nur dein Widerwille ist es, der weh tut, sonst nichts. Leid ist nicht Leid, Tod ist nicht Tod, wenn nicht du sie dazu machst! Leid ist herrlichste Musik – sobald du sie anhörst. Aber du hörst sie ja niemals an, du hast ja immer eine andere, eine eigene, eigensinnige Musik und Tonart im Ohr, die du nicht loslassen willst und zu der die Musik des Leides nicht stimmt. Höre mich! Höre mich und erinnere dich: Leid ist nichts, Leid ist Wahn. Nur du selbst schaffst es, nur du selbst tust dir weh!«

Und so lagen, außer dem Leid und dem Erlösungswillen selbst, auch noch die beiden Stimmen beständig in Widerstreit und Reibung. Die erste, näher dem Bewußtsein, hatte vieles für sich. Sie setzte dem dumpfen Reich des Unbewußten ihre Klarheit entgegen. Auf ihrer Seite waren die Autoritäten, waren Moses und die Propheten, war Vater und Mutter, war die Schule, war Kant und Fichte. Die zweite Stimme klang ferner, klang wie aus dem Unbewußten und aus dem Leide selber heraus. Sie schuf nicht eine trockene Insel im Chaos, sie schuf nicht ein Licht in der Finsternis. Sie war selbst dunkel, sie war selbst Urgrund.

Unmöglich ist es nun, auszudrücken, wie das Konzert der beiden Stimmen sich entwickelte. Jede von den beiden anfänglichen Stimmen nämlich teilte sich, und jede neue Unterstimme teilte sich wieder, und zwar nicht so, daß einfach zwei Chöre geworden wären, die einander gegenüberstanden, etwa ein heller und ein dunkler, ein hoher und ein tiefer, ein männlicher und ein weiblicher oder wie immer. Nein, sondern jede neue Stimme enthielt etwas von beiden Oberstimmen, enthielt Schwingungen des Chaos und Schwingungen des gestaltenden Willens, enthielt Tag und Nacht, Männlich und Weiblich in neuer, eigener Mischung. Überall hatte jede Stimme den gegensätzlichen Charakter jener Stimme, deren Kind und Teilung sie zu sein schien. Eine neue Unterstimme der chaotischen Mutterstimme klang immer mehr männlich und klar, wollend und beschränkend und umgekehrt. Aber jede war eine Mischung, jede war entstanden aus Sehnsucht nach dem andern Prinzip.

So entstand eine Polyphonie und Vielfältigkeit, in der mir die ganze Welt mit sämtlichen Millionen Möglichkeiten enthalten schien. Sie hielten alle einander die Waage; es schien die ganze Welt unter beständigem leisem Schmerz sich in meiner träumenden Seele abzuspielen. Es war Kraft und Schwung in ihrem Ablauf, aber auch viel Reibung, Gegensätzlichkeit und schmerzvolle Hemmnis. Die Welt drehte sich, sie drehte sich schön und leidenschaftlich, aber die Achse knarrte und rauchte.

Wie gesagt, weiß ich nichts mehr von dem, was ich träumte. Die Noten sind weg, nur die Vorzeichen der Tonarten und Stimmen stehen noch in mir aufgeschrieben. Ich weiß nur: ich erlebte viel Schlimmes, und an jedem neuen Schmerz entzündete sich neu der sehnliche Gedanke an Befreiung und Erlösung. So war ein ewiger Ablauf gegeben, ein Kreis von Antrieb und Empfänglichkeit, von Formung und Duldung, von Tun und Leiden, ohne Ende. Ich empfand mich dabei nicht wohl. Das Ganze schmeckte mehr nach Schmerz als Lust, und wo die Traumzustände sich in Körpergefühlen äußerten, waren es peinliche; ich fühlte Kopfweh, Schwindel, Bangigkeit.

Mannigfach war, was mir widerfuhr, und auf jedes neue Erlebnis oder Leid gab eine neue Stimme Antwort, auf jeden Ansturm folgte eine innere Mahnung. Vorbilder tauchten auf, unter andern sah ich den Staretz Sossima aus den »Brüdern Karamasoff« als Vorbild und Lehrer auftreten. Aber jene mütterliche Urstimme, ewig und immer neu gestaltet, widersprach jedesmal, vielmehr sie widersprach nicht, sondern es war, als wende ein teures Wesen sich von mir ab oder schüttle schweigend den Kopf.

»Nimm kein Vorbild!« schien diese Stimme zu sagen. »Vorbilder sind etwas, was es nicht gibt, was du dir nur selber schaffst und vormachst. Vorbildern nachstreben ist Tuerei. Das Rechte kommt von selber. Leide nur, mein Sohn, leide nur und trink den Becher aus! Je mehr du dich um ihn zu drücken suchst, desto bitterer schmeckt der Trank. Schicksal trinkt der Feige wie Gift oder wie Medizin, du aber sollst es wie Wein und Feuer trinken. Dann schmeckt es süß.«

Aber es schmeckte bitter, und die ganze lange Nacht hindurch rollte das Weltrad ächzend auf rauchender Achse. Hier war die blinde Natur, dort der sehende Geist – aber der sehende Geist verwandelte sich immer wieder in blinde, tote, öde Dinge: in Moral, in Philosophie, in Rezepte, und die blinde Natur tat immer da oder dort wieder ein Auge auf, ein wunderbares feuchtes Seelenauge, scheu und hell. Nichts blieb seinem Namen treu. Nichts blieb seinem Wesen treu. Alles war nur Name, alles war »nur« Wesen, und hinter allem wich das Lebensheiligtum und Sendungsgeheimnis in immer neue, fernere, bangere Spiegeltiefen zurück. So mochte meine Welt sich rauchend weiter drehen, solang die Achse hielt.

Als ich erwachte, war die Nacht schon fast ganz vergangen. Ich sah nicht nach der Uhr – so weit wach war ich nicht, aber ich hielt kurze Zeit die Augen offen und sah bleiches Morgenlicht auf dem Sims, auf dem Stuhl und auf meinen Kleidern liegen. Ein Ärmel des Hemdes hing lose und etwas verdreht herab und forderte zu gestaltenden Phantasiespielen auf – nichts in der Welt ist ja fruchtbarer und anregender für unsere Seele als die Dämmerung: ein zerfließender Fleck Weiß im Finstern, ein zerrinnendes System von grauen und schwarzen Dunkelheiten auf nebelhaftem Grunde.

Aber ich folgte der Anregung nicht, aus dem hangenden weißen Fleck schwebende Tänzerinnen, kreisende Milchstraßen, Schneegipfel und heilige Standbilder zu formen. Ich lag noch im Bann der langen Traumfolge, und mein Bewußtsein tat nichts weiter als feststellen, daß ich wach und der Morgen nahe sei, daß ich Kopfweh habe und hoffentlich nochmals werde schlafen können. Der Regen trommelte sanft auf Dach und Fensterbrett. Trauer, Schmerz und Nüchternheit erhoben sich in mir, fliehend schloß ich die Augen und kroch in die Nähe des Schlafs und der Träume zurück.

Doch fand ich sie nicht völlig wieder. Ich blieb in einem dünnen, gebrechlichen Halbschlaf, in dem ich weder Müdigkeit noch Schmerz empfand. Und jetzt erlebte ich wieder etwas, etwas wie Traum und nicht Traum, etwas wie Gedanken und doch kein Denken, etwas wie Vision, etwas wie flüchtiges Beleuchten des Unbewußten mit Strahlenwellen des Bewußtseins.

In meinem leichten Morgenhalbschlaf erlebte ich einen Heiligen. Halb war es so, daß ich selbst der Heilige war, seine Gedanken dachte und seine Gefühle empfand; halb auch war es, als sähe ich ihn als einen Zweiten, von mir getrennt, aber von mir durchschaut und innigst gekannt. Es war, als sähe ich ihn, und es war auch, als höre oder läse ich von ihm. Es war, als erzähle ich mir selbst von diesem Heiligen, und es war zugleich auch so, als erzähle er mir von sich oder als lebe er mir etwas vor, das ich wie mein Eigenstes empfand.

Der Heilige – einerlei nun, ob er ich war oder wie sonst – der Heilige erlebte ein großes Leid. Aber ich kann das nicht schildern, als wäre es einem andern als mir selbst begegnet, ich selbst erlebte und fühlte es. Ich fühlte: das Liebste war mir genommen, Kinder waren gestorben oder starben soeben unter meinen Augen. Und sie waren nicht nur meine leibhaftigen, wirklichen Kinder, mit ihren Augen und Stirnen, ihren kleinen Händen und Stimmen – es waren außerdem meine geistigen Kinder und Besitztümer, die ich da sterben und von mir gehen sah, es waren meine eigensten, persönlichsten Lieblingsgedanken und Gedichte, es war meine Kunst, mein Denken, mein Augenlicht und Leben. Mehr konnte mir nicht genommen werden als dies. Schwereres und Grausameres konnte ich nicht erleben, als daß diese lieben Augen erloschen und mich nicht mehr kannten, daß diese lieben Lippen nicht mehr atmeten.

Dies erlebte ich – oder erlebte der Heilige. Er schloß die Augen und lächelte, und in seinem kleinen Lächeln war alles Leid, das sich irgend ersinnen läßt, war das Eingeständnis jeder Schwäche, jeder Liebe, jeder Verwundbarkeit.

Aber es war schön und still, dieses kleine schwache Lächeln des Schmerzes, und es blieb unverändert und schön in seinem Gesicht stehen. So sieht der Baum aus, wenn in der Herbstsonne ihn die letzten goldenen Blätter verlassen. So sieht die alte Erde aus, wenn in Eis oder Feuer ihr bisheriges Leben untergeht. Es war Schmerz, es war Leid, tiefstes Leid – aber es war kein Widerstreben, kein Widerspruch. Es war Einverstandensein, Hingebung, Zuhören, es war Mitwissen, Mitwollen. Der Heilige opferte, und er pries das Opfer. Er litt, und er lächelte. Er machte sich nicht hart und blieb doch am Leben, denn er war unsterblich. Er nahm Freude und Liebe und gab sie hin, gab sie zurück – aber nicht einem Fremden, sondern dem Schicksal, das sein eigenes war. Wie ein Gedanke im Gedächtnis untersinkt und eine Gebärde in der Ruhe, so sanken dem Heiligen seine Kinder und alle Besitztümer seiner Liebe dahin, unter Schmerzen dahin – aber unverloren, aber ins eigene Innere. Sie waren verschwunden, nicht getötet. Sie waren verwandelt, nicht vernichtet. Sie waren ins Innere zurückgekehrt, ins Innere der Welt und in das des Dulders. Sie waren Leben gewesen und waren Gleichnisse geworden, wie alles Gleichnis ist und einmal unter Schmerzen erlischt, um als neues Gleichnis ein anderes Kleid zu tragen.

Beides gilt mir einerlei

Alle meine Jugendzeit
Bin ich Lüsten nachgegangen,
Um danach voll Düsterkeit
Leid und Schmerzen nachzuhangen.

Schmerz und Lüste sind mir nun
Ganz verschwistert und durchdrungen;

Ob sie wohl, ob wehe tun,
Beides ist in Eins verschlungen.

Ob mich Gott durch Höllenschrei,
Ob durch Sonnenhimmel führe,
Beides gilt mir einerlei,
Wenn ich seine Hand nur spüre.

Künstler und Psychoanalyse

Seit Freuds »Psychoanalyse« über den engsten Kreis der Nervenärzte hinaus Teilnahme erregt hat, seit Freuds Schüler Jung seine Psychologie des Unbewußten und seine Typenlehre ausgebaut und zum Teil veröffentlicht hat, seit vollends die analytische Psychologie sich unmittelbar auch dem Volksmythos, der Sage und der Dichtung zuwandte, besteht zwischen Kunst und Psychoanalyse eine nahe und fruchtbare Berührung. Ob man nun im Einzelnen und Engeren mit der Lehre Freuds einverstanden war oder nicht, seine unbestreitbaren Funde waren da und wirkten.

Es war zu erwarten, daß besonders die Künstler sich rasch mit dieser neuen, so vielfach fruchtbaren Betrachtungsweise befreunden würden. Sehr viele mochten schon als Neurotiker sich für die Psychoanalyse interessieren. Aber darüber hinaus war beim Künstler mehr Neigung und Bereitschaft vorhanden, sich auf eine völlig neu fundamentierte Psychologie einzulassen, als bei der offiziellen Wissenschaft. Für das genial Radikale ist der Künstler stets leichter zu gewinnen als der Professor. Und so ist heute unter der jungen Künstlergeneration die Freudsche Gedankenwelt mehr diskutiert und weiter aufgenommen als unter den Medizinern und Psychologen vom Fach. Für den einzelnen Künstler nun, soweit er nicht damit zufrieden war, die Sache als ein neues Diskussionsthema im Kaffeehaus hinzunehmen, entstand rasch die Bemühung, aus der neuen Psychologie auch als Künstler zu lernen – vielmehr es entstand die Frage, ob und wieweit die neuen psychologischen Einsichten dem Schaffen selbst zu Gute kommen möchten.

Ich erinnere mich, daß mir vor etwa zwei Jahren ein Bekannter die beiden Romane von Leonhard Frank empfahl, indem er sie nicht nur wertvolle Dichtungen, sondern zugleich auch »eine Art von Einführung in die Psychoanalyse« nannte. Seither las ich manche Dichtungen, in denen die Spuren der Beschäftigung mit der Freudschen Lehre deutlich sichtbar wurden. Mir selbst, der für die neuere wissenschaftliche Psychologie nie das geringste Interesse gehabt hatte, schien in einigen Schriften von Freud, Jung, Stekel und anderen Neues und Wichtiges gesagt, daß ich sie mit lebendiger Teilnahme las, und ich fand, alles in allem, in ihrer Auffassung des seelischen Geschehens fast alle meine aus Dichtern und eigenen Beobachtungen gewonnenen Ahnungen bestätigt. Ich sah ausgesprochen und formuliert, was mir als Ahnung und flüchtiger Einfall, als unbewußtes Wissen zum Teil schon angehörte.

In der Anwendung auf Dichterwerke sowohl wie für die Beobachtung des täglichen Lebens ergab sich die Fruchtbarkeit der neuen Lehre ohne weiteres. Man hatte einen Schlüssel mehr – keinen absoluten Zauberschlüssel, aber doch eine wertvolle neue Einstellung, ein neues vortreffliches Werkzeug, dessen Brauchbarkeit und Zuverlässigkeit sich rasch bewährten. Ich denke dabei nicht an die literarhistorischen Einzelbemühungen, die aus dem Dichterleben eine möglichst detaillierte Krankengeschichte machen. Allein schon die Bestätigungen und Korrekturen, welche Nietzsches psychologische Erkenntnisse und feinnervigen Ahnungen erfuhren, waren uns überaus wertvoll. Die beginnende Kenntnis und Beobachtung des Unbewußten, die psychischen Mechanismen als Verdrängung, Sublimierung, Regression usw. gedeutet, ergaben eine Klarheit des Schemas, die ohne weiteres einleuchtet.

Wenn es nun aber gewissermaßen jedem naheliegt und leicht gemacht wurde, Psychologie zu treiben, so blieb die Verwendbarkeit dieser Psychologie für den Künstler doch recht zweifelhaft. Sowenig historisches Wissen zu Geschichtsdichtungen, Botanik oder Geologie zur Landschaftsschilderung fähig machen, sowenig konnte die beste wissenschaftliche Psychologie der Menschendarstellung helfen. Man sah ja, wie die Psychoanalytiker selbst überall die Dichtung der frühern, voranalytischen Zeit als Belege, als Quellen und Bestätigungen benutzten. Es war also das, was die Analyse erkannt und wissenschaftlich formuliert hatte, von den Dichtern stets gewußt worden, ja der Dichter erwies sich als Vertreter einer besonderen Art des Denkens, die eigentlich der analytisch-psychologischen durchaus zuwiderlief. Er war der Träumer, der Analytiker war der Deuter seiner Träume. Konnte also dem Dichter, bei aller Teilnahme an der neuen Seelenkunde etwas anderes übrig bleiben als weiter zu träumen und den Rufen seines Unbewußten zu folgen?

Nein es blieb ihm nichts anderes. Wer vorher kein Dichter war, wer vorher nicht den inneren Bau und Herzschlag des seelischen Lebens erfüllt hatte, den machte alle Analyse nicht zum Seelendeuter. Er konnte nur ein neues Schema anwenden, konnte damit vielleicht für den Augenblick verblüffen, seine Kräfte aber nicht wesentlich steigern.

Das dichterische Erfassen seelischer Vorgänge blieb nach wie vor eine Sache des intuitiven, nicht des analytischen Talents.

Indessen ist die Frage damit nicht erledigt. Tatsächlich vermag der Weg der Psychoanalyse auch den Künstler bedeutend zu fördern. So falsch er daran tut, die Technik der Analyse in die künstlerische hinüberzunehmen, so recht tut er doch daran, die Psychoanalyse ernst zu nehmen und zu verfolgen. Ich sehe drei Bestätigungen und Bestärkungen, die dem Künstler aus der Analyse erwachsen.

Zuerst die tiefe Bestätigung vom Wert der Phantasie, der Fiktion. Betrachtet der Künstler sich selbst analytisch, so bleibt ihm nicht verborgen, daß zu den Schwächen, an denen er leidet, ein Mißtrauen gegen seinen Beruf gehört, ein Zweifel an der Phantasie, eine fremde Stimme in sich, die der bürgerlichen Auffassung und Erziehung recht geben und sein ganzes Tun »nur« als hübsche Fiktion gelten lassen will. Gerade die Analyse aber lehrt jeden Künstler eindringlich, wie das, was er zu Zeiten »nur« als Fiktion zu schätzen vermochte, gerade ein höchster Wert ist, und erinnert ihn laut an das Dasein seelischer Grundforderungen sowohl wie an die Relativität aller autoritären Maßstäbe und Bewertungen. Die Analyse bestätigt den Künstler vor sich selbst. Zugleich gibt sie ihm ein Gebiet der rein intellektuellen Betätigung in der analytischen Psychologie frei.

Diesen Nutzen der Methode mag wohl auch schon der erfahren, der sie nur von außen her kennenlernt. Die beiden andern Werte aber ergeben sich nur dem, der die Seelenanalyse gründlich und ernsthaft an der eigenen Haut erprobt, dem die Analyse nicht eine intellektuelle Angelegenheit, sondern ein Erlebnis wird. Wer sich damit begnügt, über seinen »Komplex« einige Aufklärungen zu erhalten und nun über sein Innenleben einige formulierbare Auskünfte zu haben, dem entgehen die wichtigsten Werte.

Wer den Weg der Analyse, das Suchen seelischer Urgründe aus Erinnerungen, Träumen und Assoziationen, ernsthaft eine Strecke weit gegangen ist, dem bleibt als bleibender Gewinn, das was man etwa das »innigere Verhältnis zum *eigenen Unbewußten*« nennen kann. Er erlebt ein wärmeres, fruchtbareres, leidenschaftlicheres Hin und Her zwischen Bewußtem und Unbewußtem; er nimmt von dem, was sonst »unterschwellig« bleibt und sich nur in unbeachteten Träumen abspielt, vieles mit ans Licht herüber.

Und das wieder hängt innig zusammen mit den Ergebnissen der Psychoanalyse für das Ethische, für das persönliche Gewissen. Die Analyse stellt, vor allem andern, eine große Grundforderung, deren Umgehung und Vernachlässigung sich alsbald rächt, deren Stachel sehr tief geht und dauernde Spuren lassen muß. Sie fordert eine Wahrhaftigkeit gegen sich selbst, an die wir nicht gewohnt sind. Sie lehrt uns, das zu sehen, das anzuerkennen, das zu untersuchen und ernst zu nehmen, was wir gerade am erfolgreichsten in uns verdrängt hatten, was Generationen unter dauerndem Zwang verdrängt hatten. Das ist schon bei den ersten Schritten, die man in der Analyse tut, ein mächtiges, ja ungeheures Erlebnis, eine Erschütterung an den Wurzeln. Wer standhält und weitergeht, der sieht sich nun von Schritt zu Schritt mehr vereinsamt, mehr von Konvention und hergebrachter Anschauung abgeschnitten, er sieht sich zu Fragen und Zweifeln genötigt, die vor nichts haltmachen. Dafür aber sieht oder ahnt er mehr und mehr hinter den zusammenfallenden Kulissen des Herkommens das unerbittliche Bild der Wahrheit aufsteigen, der Natur. Denn nur in der intensiven Selbstprüfung der Analyse wird ein Stück Entwicklungsgeschichte wirklich erlebt und mit dem blutenden Gefühl durchdrungen. Über Vater und Mutter, über Bauer und Nomade, über Affe und Fisch zurück wird Herkunft, Gebundenheit und Hoffnung des Menschen nirgends so ernst, so erschütternd erlebt wie in einer ernsthaften Psychoanalyse. Gelerntes wird zu Sichtbarkeit, Gewußtes zu Herzschlag, und wie die Ängste, Verlegenheiten und Verdrängungen sich lichten, so steigt die Bedeutung des Lebens und der Persönlichkeit reiner und fordernder empor.

Diese erziehende, fördernde, spornende Kraft der Analyse nun mag niemand fördernder empfinden als der Künstler. Denn ihm ist es ja nicht um die möglichst bequeme Anpassung an die Welt und ihre Sitten zu tun, sondern um das Einmalige, was er selbst bedeutet.

Unter den Dichtern der Vergangenheit standen einige dem Wissen um die wesentlichen Sätze der analytischen Seelenkunde sehr nahe, am nächsten Dostojewskij, welcher nicht nur intuitiv diese Wege lang vor Freud und seinen Schülern ging, sondern der auch eine gewisse Praxis und Technik dieser Art von Psychologie schon besaß. Unter den großen deutschen Dichtern ist es Jean Paul, dessen Auffassung von seelischen Vorgängen am nächsten bei dieser heutigen steht. Daneben ist Jean Paul das glänzendste Beispiel des Künstlers, dem aus tiefer, lebendiger Ahnung der ständige vertrauliche Kontakt mit dem eigenen Unbewußten zur ewig ergiebigen Quelle wird.

Zum Schlusse zitiere ich einen Dichter, den wir zwar zu den reinen Idealisten, nicht aber zu den Träumern und in sich selbst versponnenen Naturen, sondern im ganzen mehr zu den stark intellektuellen Künstlern zu rechnen gewohnt sind. Otto Rank hat zuerst die folgende Briefstelle als eine der erstaunlichsten vormodernen Bestätigungen für die Psychologie des Unbewußten entdeckt. Schiller schreibt an Körner, der sich über Störungen in seiner Produktivität beklagt: »Der Grund Deiner Klagen liegt, wie mir scheint, in dem Zwange, den Dein Verstand Deiner Imagination auferlegt. Es scheint nicht gut und dem Schöpfungswerke der Seele nachteilig zu sein, wenn der Verstand die zuströmenden Ideen, gleichsam an den Toren schon, zu scharf mustert. Eine Idee kann, isoliert betrachtet, sehr unbeträchtlich und sehr abenteuerlich sein, aber vielleicht wird sie durch eine, die nach ihr kommt, wichtig, vielleicht kann sie in einer gewissen Verbindung mit andern, die vielleicht ebenso abgeschmackt scheinen, ein sehr zweckmäßiges Glied abgeben: alles das kann der Verstand nicht beurteilen, wenn er sie nicht so lange festhält, bis er sie in Verbindung mit diesen anderen angeschaut hat. Bei einem schöpferischen Kopfe hingegen, deucht mir, hat der Verstand seine Wache von den Toren zurückgezogen, die Ideen stürzen pêle-mêle herein, und alsdann erst übersieht und mustert er den großen Haufen.«

Hier ist das ideale Verhältnis der intellektuellen Kritik zum Unbewußten klassisch ausgedrückt. Weder Verdrängung des aus dem Unbewußten, aus dem unkontrollierten Einfall, dem Traum, der spielenden Psychologie zuströmenden Gutes, noch dauernde Hingabe an die ungestaltete Unendlichkeit des Unbewußten, sondern liebevolles Lauschen auf die verborgenen Quellen, und dann erst Kritik und Auswahl aus dem Chaos – so haben alle großen Künstler gearbeitet. Wenn irgend eine Technik diese Forderung erfüllen helfen kann, so ist es die psychoanalytische.

Keine Rast

Seele, banger Vogel du,
Immer wieder mußt du fragen:
Wann, nach so viel wilden Tagen,
Kommt der Friede, kommt die Ruh?

O ich weiß: kaum haben wir
Unterm Boden stille Tage,
Wird vor neuer Sehnsucht dir
Jeder liebe Tag zur Plage.

Und du wirst, geborgen kaum,
Dich um neue Leiden mühen
Und voll Ungeduld den Raum
Als der jüngste Stern durchglühen.

Bewölkter Himmel

Zwischen den Felsen blühen kleine Zwergenkräuter. Ich liege und blicke in den abendlichen Himmel, der seit Stunden sich langsam mit kleinen, stillen, wirren Wölkchen überzieht. Dort oben müssen Winde gehen, von denen man hier nichts spürt. Sie weben die Wolkenfäden wie Garn.

Wie das Verdunsten und das Wiederherabregnen des Wassers über der Erde in einem gewissen Rhythmus erfolgt, wie die Jahreszeiten oder Ebbe und Flut ihre festen Zeiten und Folgen haben, so geht alles auch in unsrem Innern gesetzlich und in Rhythmen vor sich. Es gibt einen Professor Fließ, der gewisse Zahlenfolgen herausgerechnet hat, um die periodische Wiederkehr der Lebensvorgänge zu bezeichnen.

Es klingt wie Kabbala, aber vermutlich ist auch Kabbala Wissenschaft. Daß sie von den deutschen Professoren belächelt wird, spricht sehr für sie.

Die dunkle Welle in meinem Leben, die ich fürchte, kommt auch mit einer gewissen Regelmäßigkeit. Ich kenne die Daten und Zahlen nicht, ich habe niemals ein fortlaufendes Tagebuch geführt. Ich weiß nicht und will nicht wissen, ob die Zahlen 23 und 27, oder irgendwelche anderen Zahlen damit zu tun haben. Ich weiß nur: Von Zeit zu Zeit erhebt sich in meiner Seele, ohne äußere Ursachen, die dunkle Welle. Es läuft ein Schatten über die Welt, wie ein Wolkenschatten. Die Freude klingt unecht, die Musik schal. Schwermut herrscht, Sterben ist besser als Leben. Wie ein Anfall kommt diese Melancholie von Zeit zu Zeit, ich weiß nicht in welchen Abständen, und überzieht meinen Himmel langsam mit Gewölk. Es beginnt mit Unruhe im Herzen, mit Vorgefühl von Angst, wahrscheinlich mit nächtlichen Träumen. Menschen, Häuser, Farben, Töne, die mir sonst gefielen, werden zweifelhaft und wirken falsch. Musik macht Kopfweh. Alle Briefe wirken verstimmend und enthalten versteckte Spitzen. In diesen Stunden zum Gespräch mit Menschen gezwungen zu sein ist Qual und führt unvermeidlich zu Szenen. Diese Stunden sind es, wegen deren man keine Schießwaffen besitzt; sie sind es, in denen man sie vermißt. Zorn, Leid und Anklage richten sich gegen alles, gegen Menschen, gegen Tiere, gegen die Witterung, gegen Gott, gegen das Papier des Buches, in dem man liest, und gegen den Stoff des Kleides, das man anhat. Aber Zorn, Ungeduld, Anklage und Haß gelten nicht den Dingen, sie kehren von ihnen allen zurück zu mir selbst. Ich bin es, der Haß verdient. Ich bin es, der Mißklang und Häßlichkeit in die Welt bringt.

Ich ruhe heut von einem solchen Tage aus. Ich weiß, daß nun eine Weile Ruhe zu erwarten ist. Ich weiß, wie schön die Welt ist, daß sie für mich zu Stunden unendlich schöner ist als für irgend jemand sonst, daß die Farben süßer klingen, die Luft seliger rinnt, das Licht zärtlicher schwebt. Und ich weiß, daß ich das bezahlen muß durch die Tage, wo das Leben unerträglich ist. Es gibt gute Mittel gegen die Schwermut: Gesang, Frömmigkeit, Weintrinken, Musizieren, Gedichtemachen, Wandern. Von diesen Mitteln lebe ich, wie der Einsiedler vom Brevier lebt. Manchmal scheint mir, die Schale habe sich gesenkt und meine guten Stunden seien zu selten und zu wenig gut, um die üblen noch aufzuwiegen. Zuweilen finde ich im Gegenteil, daß ich Fortschritte gemacht habe, daß die guten Stunden zu- und die bösen abgenommen haben. Was ich niemals wünsche, auch in den schlechtesten Stunden nicht, das ist ein mittlerer Zustand zwischen Gut und Schlecht, so eine laue erträgliche Mitte. Nein, lieber noch eine Übertreibung der Kurve – lieber die Qual noch böser, und dafür die seligen Augenblicke noch um einen Glanz reicher!

Abklingend verläßt mich die Unlust, Leben ist wieder hübsch, Himmel ist wieder schön, Wandern wieder sinnvoll. An solchen Tagen der Rückkehr fühle ich etwas von Genesungsstimmung: Müdigkeit ohne eigentlichen Schmerz, Ergebung ohne Bitterkeit, Dankbarkeit ohne Selbstverachtung. Langsam beginnt die Lebenslinie wieder zu steigen. Man summt wieder einen Liedervers. Man bricht wieder eine Blume ab. Man spielt wieder mit dem Spazierstock. Man lebt noch. Man hat es wieder überstanden. Man wird es auch nochmals überstehen, und vielleicht noch oft.

Es wäre mir ganz unmöglich zu sagen, ob dieser bewölkte, still in sich bewegte, vielfädige Himmel sich in meiner Seele spiegelt oder umgekehrt, ob ich von diesem Himmel nur das Bild meines Inneren ablese. Manchmal wird das alles so völlig ungewiß! Es gibt Tage, an denen bin ich überzeugt, daß kein Mensch auf Erden gewisse Luft- und Wolkenstimmungen, gewisse Farbenklänge, gewisse Düfte und Feuchtigkeitsschwankungen so fein, so genau und so treu beobachten könne wie ich mit meinen alten, nervösen Dichter- und Wanderersinnen. Und dann wieder, so wie heute, kann es mir zweifelhaft werden, ob ich überhaupt je etwas gesehen, gehört und gerochen habe, ob nicht alles, was ich wahrzunehmen meine, bloß das nach außen geworfene Bild meines inneren Lebens sei.

Es tut, gerade in schwerer Zeit, nichts so wohl als sich der Natur hinzugeben, nicht passiv genießend, sondern schaffend.

Wir Dichter haben, unter andrem, die Aufgabe, das von den Menschen unsrer Zeit Erlittene auszusprechen, und das können wir nur, wenn wir es nicht vom Hörensagen, sondern aus eigenem Erleiden kennen. Ob das Aussprechen nun auf pathetische oder sentimentale, auf klagende oder auf witzige oder auf anklägerische Art geschieht, es ist auf jeden Fall notwendig, und muß der Menschheit auf ihren unbeholfenen Kinderschritten der Entwicklung ein wenig helfen. Die heutige Größe des Leides gibt uns eine Solidarität, die alle Völker und alle Arten von Dasein und Leiden umfaßt. Das Unerträgliche muß zu Wort kommen, um vielleicht überstanden zu werden.

Kennst du das auch?

Kennst du das auch, daß manchesmal
Inmitten einer lauten Lust,
Bei einem Fest, in einem frohen Saal,
Du plötzlich schweigen und hinweggehn mußt?
Dann legst du dich aufs Lager ohne Schlaf
Wie Einer, den ein plötzlich Herzweh traf;
Lust und Gelächter ist verstiebt wie Rauch,
Du weinst, weinst ohne Halt – Kennst du das auch?

»Die Angst überwinden«

Draußen, weit im See, zog er die Ruder ein. Es war nun soweit, und er war zufrieden. Früher hatte er, in den Augenblicken, wo Sterben ihm unvermeidlich schien, doch immer gern noch ein wenig gezögert, die Sache auf morgen verschoben, es erst noch einmal mit dem Weiterleben probiert. Davon war nichts mehr da. Sein kleines Boot, das war er, das war sein kleines, umgrenztes, künstlich versichertes Leben – rundum aber das weite Grau, das war die Welt, das war All und Gott, dahinein sich fallen zu lassen war nicht schwer, das war leicht, das war froh.

Er setzte sich auf den Rand des Bootes nach außen, die Füße hingen ins Wasser. Er neigte sich langsam vor, neigte sich vor, bis hinter ihm das Boot elastisch entglitt. Er war im All.

In die kleine Zahl von Augenblicken, welche er von da an noch lebte, war viel mehr Erlebnis gedrängt als in die vierzig Jahre, die er zuvor bis zu diesem Ziel unterwegs gewesen war.

Es begann damit: Im Moment, wo er fiel, wo er einen Blitz lang zwischen Bootsrand und Wasser schwebte, stellte sich ihm dar, daß er einen Selbstmord begehe, eine Kinderei, etwas zwar nicht Schlimmes, aber Komisches und ziemlich Törichtes. Das Pathos des Sterbenwollens und das Pathos des Sterbens selbst fiel in sich zusammen, es war nichts damit. Sein Sterben war nicht mehr notwendig, jetzt nicht mehr. Es war erwünscht, es war schön und willkommen, aber notwendig war es nicht mehr. Seit dem Moment, seit dem aufblitzenden Sekundenteil, wo er sich mit ganzem Wollen, mit ganzem Verzicht auf jedes Wollen, mit ganzer Hingabe hatte vom Bootsrand fallen lassen, in den Schoß der Mutter, in den Arm Gottes – seit diesem Augenblick hatte das Sterben keine Bedeutung mehr. Es war ja alles so einfach, es war ja alles so wunderbar leicht, es gab ja keine Abgründe, keine Schwierigkeiten mehr. Die ganze Kunst war: sich fallen lassen! Das leuchtete als Ergebnis seines Lebens hell durch sein ganzes Wesen: sich fallen lassen! Hatte man das einmal getan, hatte man einmal sich dahingegeben, sich anheimgestellt, sich ergeben, hatte man einmal auf alle Stützen und jeden festen Boden unter sich verzichtet, hörte man ganz und gar nur noch auf den Führer im eigenen Herzen, dann war alles gewonnen, dann war alles gut, keine Angst mehr, keine Gefahr mehr.

Dies war erreicht, dies Große, Einzige: er hatte sich fallen lassen! Daß er sich ins Wasser und in den Tod fallen ließ, wäre nicht notwendig gewesen, ebensogut hätte er sich ins Leben fallen lassen können. Aber daran lag nicht viel, wichtig war dies nicht. Er würde leben, er würde wieder kommen. Dann aber würde er keinen Selbstmord mehr brauchen und keinen von all diesen seltsamen Umwegen, keine von all diesen mühsamen und schmerzlichen Torheiten mehr, denn er würde die Angst überwunden haben. Wunderbarer Gedanke: ein Leben ohne Angst! Die Angst überwinden, das war die Seligkeit, das war die Erlösung. Wie hatte er sein Leben lang Angst gelitten, und nun, wo der Tod ihn schon am Halse würgte, fühlte er nichts mehr davon, keine Angst, kein Grauen, nur Lächeln, nur Erlösung, nur Einverstandensein. Er wußte nun plötzlich, was Angst ist, und daß sie nur von dem überwunden werden kann, der sie erkannt hat. Man hatte vor tausend Dingen Angst, vor Schmerzen, vor Richtern, vor dem eigenen Herzen, man hatte Angst vor dem Schlaf, Angst vor dem Erwachen, vor dem Alleinsein, vor der Kälte, vor dem Wahnsinn, vor dem Tode – namentlich vor ihm, vor dem Tode. Aber all das waren nur Masken und Verkleidungen. In Wirklichkeit gab es nur eines, vor dem man Angst hatte: das Sichfallenlassen, den Schritt in das Ungewisse hinaus, den kleinen Schritt hinweg über all die Versicherungen, die es gab. Und wer sich einmal, ein einziges Mal hingegeben hatte, wer einmal das große Vertrauen geübt und sich dem Schicksal anvertraut hatte, der war befreit. Er gehorchte nicht mehr den Erdgesetzen, er war in den Weltraum gefallen und schwang im Reigen der Gestirne mit. So war das. Es war so einfach, jedes Kind konnte das verstehen, konnte das wissen.

Er dachte dies nicht, wie man Gedanken denkt, er lebte, fühlte, tastete, roch und schmeckte es. Er schmeckte, roch, sah und verstand, was Leben war. Er sah die Erschaffung der Welt, er sah den Untergang der Welt, beide wie zwei Heerzüge beständig gegeneinander in Bewegung, nie vollendet, ewig unterwegs. Die Welt wurde immerfort geboren, sie starb immerfort. Jedes Leben war ein Atemzug, von Gott ausgestoßen. Jedes Sterben war ein Atemzug, von Gott eingesogen. Wer gelernt hatte, nicht zu widerstreben, sich fallen zu lassen, der starb leicht, der wurde leicht geboren. Wer widerstrebte, der litt Angst, der starb schwer, der wurde ungern geboren.

Im grauen Regendunkel über dem Nachtsee sah der Untersinkende das Spiel der Welt gespiegelt und dargestellt: Sonnen und Sterne rollten herauf, rollten hinab, Chöre von Menschen und Tieren, Geistern und Engeln standen gegeneinander, sangen, schwiegen, schrien, Züge von Wesen zogen gegeneinander, jedes sich selbst mißkennend, sich selbst hassend, und sich in jedem andern Wesen hassend und verfolgend. Ihrer aller Sehnsucht war nach Tod, war nach Ruhe, ihr Ziel war Gott, war die Wiederkehr zu Gott und das Bleiben in Gott. Dies Ziel schuf Angst, denn es war ein Irrtum. Es gab kein Bleiben in Gott! Es gab keine Ruhe! Es gab nur das ewige, ewige, herrliche, heilige Ausgeatmetwerden und Eingeatmetwerden, Gestaltung und Auflösung, Geburt und Tod, Auszug und Wiederkehr, ohne Pause, ohne Ende. Und darum gab es nur Eine Kunst, nur Eine Lehre, nur Ein Geheimnis: sich fallen lassen, sich nicht gegen Gottes Willen sträuben, sich an nichts klammern, nicht an Gut noch Böse. Dann war man erlöst, dann war man frei von Leid, frei von Angst, nur dann.

Sein Leben lag vor ihm wie ein Land mit Wäldern, Talschaften und Dörfern, das man vom Kamm eines hohen Gebirges übersieht. Alles war gut gewesen, einfach und gut gewesen, und alles war durch seine Angst, durch sein Sträuben zu Qual und Verwicklung, zu schauerlichen Knäueln und Krämpfen von Jammer und Elend geworden! Es gab keine Frau, ohne die man nicht leben konnte – und es gab auch keine Frau, mit der man nicht hätte leben können. Es gab kein Ding in der Welt, das nicht ebenso schön, ebenso begehrenswert, ebenso beglückend war wie sein Gegenteil!

Es war selig zu leben, es war selig zu sterben, sobald man allein im Weltraum hing. Ruhe von außen gab es nicht, keine Ruhe im Friedhof, keine Ruhe in Gott, kein Zauber unterbrach je die ewige Kette der Geburten, die unendliche Reihe der Atemzüge Gottes. Aber es gab eine andere Ruhe, im eigenen Innern zu finden. Sie hieß: Laß dich fallen! Wehre dich nicht! Stirb gern! Lebe gern!

Alle Gestalten seines Lebens waren bei ihm, alle Gesichter seiner Liebe, alle Wechsel seines Leidens ... Er hatte hundertmal voll Angst seinem eigenen Tode beigewohnt, er hatte sich auf dem Schafott sterben sehen, er hatte den Schnitt des Rasiermessers durch seinen Hals gefühlt und die Kugel in seiner Schläfe – und nun, da er den gefürchteten Tod wirklich starb, war es so leicht, war es so einfach, war es Freude und Triumph! Nichts in der Welt war zu fürchten, nichts war schrecklich – nur im Wahn machten wir uns all diese Furcht, all dies Leid, nur in unsrer eignen, geängsteten Seele entstand Gut und Böse, Wert und Unwert, Begehren und Furcht ...

Wasser floß ihm in den Mund, und er trank. Von allen Seiten, durch alle Sinne floß Wasser herein, alles löste sich auf. Er wurde angesogen, er wurde eingeatmet. Neben ihm, an ihn gedrängt, so eng beisammen wie die Tropfen im Wasser, schwammen andere Menschen ... seine einstige Frau, sein Vater, seine Mutter und Schwester, und tausend, tausend, tausend andre Menschen, und auch Bilder und Häuser, alles schwamm, eng aneinander, in einem ungeheuren Strom dahin, von Notwendigkeit getrieben, rasch und rascher, rasend – und diesem ungeheuern, rasenden Riesenstrom der Gestaltungen kam ein anderer Strom entgegen, ungeheuer, rasend, ein Strom von Gesichtern, Beinen, Bäuchen, von Tieren, Blumen, Gedanken, Morden, Selbstmorden, geschriebenen Büchern, geweinten Tränen, dicht, dicht, voll, voll, Kinderaugen und ... ein junger Mensch, ihm selbst ähnlich, das Gesicht voll heiliger Leidenschaft, das war er selbst, zwanzigjährig, jener verschollene Klein von damals! Wie gut, daß auch diese Erkenntnis nun zu ihm kam: daß es keine Zeit gab! Das einzige, was zwischen Alter und Jugend, zwischen Babylon und Berlin, zwischen Gut und Böse, Geben und Nehmen stand, das einzige, was die Welt mit Unterschieden, Wertungen, Leid, Streit, Krieg erfüllte, war der Menschengeist, der junge ungestüme und grausame Menschengeist im Zustand der tobenden Jugend, noch fern vom Wissen, noch weit von Gott. Er erfand Gegensätze, er erfand Namen. Dinge nannte er schön, Dinge häßlich, diese gut, diese schlecht. Ein Stück Leben wurde Liebe genannt, ein andres Mord. So war dieser Geist, jung, töricht, komisch. Eine seiner Erfindungen war die Zeit. Eine feine Erfindung, ein raffiniertes Instrument, sich noch inniger zu quälen und die Welt vielfach und schwierig zu machen! Von allem, was der Mensch begehrte, war er immer nur durch Zeit getrennt, nur durch diese Zeit, diese tolle Erfindung! Sie war eine der Stützen, eine der Krücken, die man vor allem fahren lassen mußte, wenn man frei werden wollte.

Wer Neugeburt will,
muß zum Sterben bereit sein.

Über dem ängstlichen Gedanken, was etwa morgen uns zustoßen könnte, verlieren wir das Heute, die Gegenwart, und damit die Wirklichkeit. Geben Sie dem Heute, dem Tag, der Stunde, dem Augenblick sein Recht! Und was den freiwilligen Tod betrifft: ich sehe in ihm weder eine Sünde noch eine Feigheit. Aber ich halte den Gedanken, daß dieser Ausweg uns offensteht, für eine gute Hilfe im Bestehen des Lebens und seiner Bedrängnisse.

Es ist für mich kein Zweifel, daß unsre heutige Kultur eine arme und klägliche, unser Leben entartet und unsre geistigen und sittlichen Leistungen unendlich klein sind, daß jede klar und einfach zentrierte, gläubige, gesunde Lebensordnung und Gläubigkeit, wie etwa die des Mittelalters, unendlich viel besser, reiner, wünschenswerter ist.

Aber was helfen solche Feststellungen? Gar nichts, sie sind nur Worte, sind sogar eitle Worte, also Sünde. Denn jeden von uns tritt das Leben in der Gestalt seiner Zeit an, jeder von uns steht vor Aufgaben und Problemen, die einmalig und vergänglich sind, für uns aber das ganze Leben bedeuten, weil es eben nicht allgemeine und gelehrte, sondern unsre eigenen, brennenden Probleme sind. Und diese Probleme, möchte ich sagen, sind nicht da, um »gelöst« zu werden, sondern um erlitten und erlebt zu werden, sie sind das uns gegebene Leid, und Leid wird zu Leben und Freude und Wert nur auf dem schmerzlichen Wege des Erleidens, des Ausfressens.

Ich kann Ihnen nicht mehr sagen, jedes allgemeine Wort wird da sofort zum Geschwätz.

Gehn Sie auf die Hölle los,
sie ist überwindbar.

Wo ein Anfang gemacht ist,
kommt immer das Beste von selber nach.

Ich habe durch meine Schriften zuweilen jungen Lesern dazu gedient, bis dahin zu kommen, wo das Chaos beginnt, das heißt wo sie allein und ohne helfende Konventionen dem Rätsel des Lebens gegenüberstehen. Für die Meisten ist schon das eine Gefahr, und die Meisten kehren denn auch wieder um und suchen neue Anschlüsse und Bindungen. Die sehr Wenigen, die es treibt, ins Chaos einzutreten und die Hölle unserer Zeit bewußt zu erleben, die tun es ohne »Führer«.

Meine Bücher führen den Leser, wenn er willig ist, bis dahin, wo er hinter den Idealen und Moralen unserer Zeit das Chaos sieht. Wollte ich weiter »führen«, so müßte ich lügen. Die Ahnung der Erlösung, der Möglichkeit, das Chaos neu zu ordnen, kann heute keine »Lehre« sein, sie vollzieht sich im unaussprechbaren innersten Erleben Einzelner.

An die Freunde in schwerer Zeit

Auch in diesen dunklern Stunden,
Liebe Freunde, laßt mich gelten;
Ob ich's hell, ob trüb gefunden,
Nie will ich das Leben schelten.

Sonnenschein und Ungewitter
Sind desselben Himmels Mienen;
Schicksal soll, ob süß ob bitter,
Mir als liebe Speise dienen.

Seele geht verschlungene Pfade,
Lernet ihre Sprache lesen!
Morgen preist sie schon als Gnade,
Was ihr heute Qual gewesen.

Sterben können nur die Rohen,
Andre will die Gottheit lehren,
Aus dem Niedern, aus dem Hohen
Seelenhaften Sinn zu nähren.

Erst auf jenen letzten Stufen
Dürfen wir uns Ruhe gönnen,
Wo wir, väterlich gerufen,
Schon den Himmel schauen können.

»Immer neue Selbstgestaltung«

Jedesmal war dem Abreißen einer Maske, dem Zusammenbruch eines Ideals diese grausige Leere und Stille vorangegangen, diese tödliche Einschnürung, Vereinsamung und Beziehungslosigkeit, diese leere öde Hölle der Lieblosigkeit und Verzweiflung, wie ich sie auch jetzt wieder zu durchwandern hatte.

Bei jeder solchen Erschütterung meines Lebens hatte ich am Ende irgend etwas gewonnen, das war nicht zu leugnen, etwas an Freiheit, an Geist, an Tiefe, aber auch an Einsamkeit, an Unverstandensein, an Erkältung. Von der bürgerlichen Seite her gesehen war mein Leben, von jeder solchen Erschütterung zur andern, ein beständiger Abstieg, eine immer größere Entfernung vom Normalen, Erlaubten, Gesunden gewesen. Ich war im Lauf der Jahre beruflos, familienlos, heimatlos geworden, stand außerhalb aller sozialen Gruppen, allein, von niemand geliebt, von vielen beargwöhnt, in ständigem, bitterm Konflikt mit der öffentlichen Meinung und Moral, und wenn ich auch noch im bürgerlichen Rahmen lebte, war ich doch inmitten dieser Welt mit meinem ganzen Fühlen und Denken ein Fremder. Religion, Vaterland, Familie, Staat waren mir entwertet und gingen mich nichts mehr an, die Wichtigtuerei der Wissenschaft, der Zünfte, der Künste ekelte mich an; meine Anschauungen, mein Geschmack, mein ganzes Denken, mit dem ich einst als ein begabter und beliebter Mann geglänzt hatte, war jetzt verwahrlost und verwildert und den Leuten verdächtig. Mochte ich bei all meinen so schmerzlichen Wandlungen irgend etwas Unsichtbares und Unwägbares gewonnen haben – ich hatte es teuer bezahlen müssen, und von Mal zu Mal war mein Leben härter, schwieriger, einsamer, gefährdeter geworden. Wahrlich, ich hatte keinen Grund, eine Fortsetzung dieses Weges zu wünschen, der mich in immer dünnere Lüfte führte, jenem Rauche in Nietzsches Herbstlied gleich.

Ach ja, ich kannte diese Erlebnisse, diese Wandlungen, die das Schicksal seinen Sorgenkindern, seinen heikelsten Kindern bestimmt hat, allzu gut kannte ich sie. Ich kannte sie, wie ein ehrgeiziger, aber erfolgloser Jäger die Etappen einer Jagdunternehmung, wie ein alter Börsenspieler die Etappen der Spekulation, des Gewinns, des Unsicherwerdens, des Wankens, des Bankerotts kennen mag. Sollte ich all dies nun wirklich noch einmal durchleben? All diese Qual, all diese irre Not, all diese Einblicke in die Niedrigkeit und Wertlosigkeit des eigenen Ich, all diese furchtbare Angst vor dem Erliegen, all diese Todesfurcht? War es nicht klüger und einfacher, die Wiederholung so vieler Leiden zu verhüten, sich aus dem Staube zu machen? Gewiß, es war einfacher und klüger ... niemand konnte mir das Vergnügen verwehren, mir mit Hilfe von Kohlengas, Rasiermesser oder Pistole die Wiederholung eines Prozesses zu ersparen, dessen bittere Schmerzlichkeit ich nun wahrlich oft und tief genug hatte auskosten müssen. Nein, bei allen Teufeln, es gab keine Macht in der Welt, die von mir verlangen konnte, nochmals eine Selbstbegegnung mit ihren Todesschauern und nochmals eine Neugestaltung, eine neue Inkarnation durchzumachen, deren Ziel und Ende ja nicht Friede und Ruhe war, sondern nur immer neue Selbstvernichtung, immer neue Selbstgestaltung! Mochte der Selbstmord dumm, feig und schäbig, mochte er ein unrühmlicher und schmachvoller Notausgang sein – aus dieser Mühle der Leiden war jeder, auch der schmählichste Ausgang innig zu wünschen, hier gab es kein Theater des Edelmuts und Heroismus mehr, hier war ich vor die einfache Wahl gestellt zwischen einem kleinen, flüchtigen Schmerz und einem unausdenklich brennenden, endlosen Leid ...

Sei es in einem Jahr oder in einem Monat, sei es morgen schon – die Pforte stand offen.

Wer viele Briefe bekommt und von vielen angegangen wird, dem kommt heutzutage ein nicht aussetzender Strom von Elend jeder Art entgegen, von der sanften Klage und schüchternen Bitte bis zum wütend grollenden Auftrumpfen der zynischen Verzweiflung. Wenn ich in eigener Person das ertragen müßte, was an Jammer, Bedrängnis, Armut, Hunger, Heimatlosigkeit die Briefpost eines einzigen Tages mir zuträgt, so wäre ich längst nicht mehr am Leben, und mancher dieser oft sehr sachlichen und anschaulichen Berichte stellt mir Zustände vor Augen, in welche mit der mitfühlenden Phantasie einzudringen und welche wirklich anzunehmen und wahrzuhaben mir große Mühe macht. Ich habe mich im Lauf dieser letzten Jahre damit abfinden müssen, mein Empfinden und Verstehen für jene Fälle von großer Not zu sparen, denen wenigstens einigermaßen abzuhelfen, denen mit Trost und Rat oder mit materieller Gabe beizukommen ist.

Unter den Briefen, welche einen geistigen und moralischen Beistand erbitten, ist eine bestimmte Kategorie erst in diesen Elendsjahren in den Bereich meiner Erfahrung getreten. Es sind Briefe von nicht mehr jugendlichen, manchmal schon alten Menschen, denen durch die bis zur Unerträglichkeit gesteigerte Härte und Bitterkeit des äußeren Lebens ein Gedanke nahegelegt wird, der ihrem Charakter fremd ist und in ihrem Leben vorher niemals aufgetaucht war: der Gedanke, dem Jammer durch den Selbstmord ein Ende zu machen. Von jugendlichen, weichherzigen, etwas dichterisch und etwas sentimental veranlagten Leuten freilich kamen Briefe voll solcher Stimmungen schon immer, sie gehören zum Bekannten und Gewohnten, und ich bin zuweilen ziemlich deutlich, ja derb geworden in meinen Antworten auf das Liebäugeln oder gar das Drohen mit dem Selbstmord. Ich schrieb diesen Lebensmüden etwa, daß ich zwar den Selbstmord keineswegs verurteile, aber erst den wirklichen, vollzogenen, vor dem ich nicht weniger Respekt habe als vor jeder andern Todesart, daß ich aber Unterhaltungen über Lebensüberdruß und suicide Absichten nie so ganz und gar ernst nehmen könne, wie es ihr Wunsch sei, sondern in ihnen eine nicht ganz erlaubte, nicht ganz anständige Mitleids-Erpressung zu sehen geneigt sei. Aber nun kommen, nicht häufig, aber doch immer wieder, auch von bisher lebenstüchtigen und bewährten Leuten diese Briefe mit der Frage, was ich vom Selbstmord halte, denn es werde immer schwerer und immer unerträglicher, dies Leben, dem aller Sinn, alle Freude, alle Schönheit und Würde fehle, und darauf gibt es keine Antwort ohne völliges Ernstnehmen und Anerkennen der mir zugetragenen Not.

Ein paar Sätze aus meinen Antworten auf solche Anrufe habe ich mir notiert ...

Ein Mann von mehr als fünfzig Jahren bat mich nüchtern und ohne jede Spur von Phrase um meine Meinung über den Selbstmord, an den er in einem tätigen und verantwortungsvollen Leben niemals gedacht habe, der ihm aber jetzt als die einzige Befreiung von einem allzu schwer, allzu sinnlos und würdelos gewordenen Leben sich immer eindeutiger und unabweislicher anbiete. Aus meiner Antwort an ihn notierte ich mir die Sätze:

»Als ich etwa fünfzehn Jahre alt war, verblüffte uns einmal einer unserer Lehrer mit der Behauptung, der Selbstmord sei die größte moralische Feigheit, die der Mensch begehen könne. Ich hatte bis dahin eher dazu geneigt zu glauben, daß ein gewisser Mut, ein gewisser Trotz und Schmerz dazu gehöre, und hatte für die Selbstmörder eine mit Grauen gemischte Hochachtung empfunden. So war der mit dem Anspruch eines Axioms vorgetragene Spruch des Lehrers mir wirklich für den Moment eine Verblüffung, ich stand dumm und ohne Erwiderung vor diesem Spruch, er schien ja alle Logik und alle Moral für sich zu haben. Doch hielt die Verblüffung nicht lange vor, ich kehrte bald dazu zurück, auch meinen eigenen Gefühlen und Gedanken wieder zu glauben, und so sind die Selbstmörder mir zeitlebens beachtenswert, sympathisch und irgendwie, wenn auch auf düstere Weise, ausgezeichnet erschienen, Beispiele eines menschlichen Leidens, dem die Phantasie jenes Lehrers nicht nachkam, und eines Mutes und Trotzes, den ich nur lieben konnte. Auch sind in der Tat die Selbstmörder, die ich gekannt habe, lauter zwar problematische, aber wertvolle, überdurchschnittliche Menschen gewesen. Und daß sie außer der Courage, sich die Kugel in den Kopf zu schießen, auch noch die Courage und den Trotz gehabt hatten, sich den Lehrern und der Moral unbeliebt und verächtlich zu machen, konnte mein Mitgefühl nur erhöhen.

Wenn einem Menschen, so denke ich mir, durch Natur, Erziehung und Schicksal der Selbstmord unmöglich und verboten ist, dann wird er ihn, auch wenn gelegentlich die Phantasie ihn mit diesem Ausweg in Versuchung führt, nicht ausführen können, es wird ihm einfach verboten bleiben. Ist es anders, und wirft einer das Leben, das ihm unerträglich geworden ist, entschlossen von sich, so hat er nach meiner Meinung dazu dasselbe Recht, wie andre es auf ihren natürlichen Tod haben. Ach, bei manchen, die sich umgebracht haben, habe ich ihren Tod als natürlicher und sinnvoller empfunden denn so manchen andern!«

Verzweiflung ist das Ergebnis jedes ernstlichen Versuches, das Menschenleben zu begreifen und zu rechtfertigen. Verzweiflung ist das Ergebnis eines jeden ernstlichen Versuches, das Leben mit der Tugend, mit der Gerechtigkeit, mit der Vernunft zu bestehen und seine Forderungen zu erfüllen. Diesseits dieser Verzweiflung leben die Kinder, jenseits die Erwachten.

Das Erlebnis, daß Verzweiflung wieder zu Gnade wird, und mit dem Abschälen einer Haut unser Leben neue Verwandlungen eingeht, habe ich oft und oft gehabt. Da Sie mich einen Psychoanalytiker nennen, möchte ich dieses Erlebnis etwa so definieren:

Jeder Versuch, die Kultur, den Geist und ihre Forderungen ernst zu nehmen und nach ihnen zu leben, führt unfehlbar zur Verzweiflung. Die Erlösung kommt dann jeweils aus der Erkenntnis, daß wir subjektive Erlebnisse und Zustände zu sehr objektiviert haben. Wir sehen dann für hellsichtige Momente uns selbst und unser Leben etwa so, wie ein Analytiker einen Traum ansieht: er übersetzt seinen »manifesten« Inhalt in den psychologischen. Er lernt wieder mit den scheinbar starren Objekten spielen, auch mit den scheinbar starren Begriffen Krank und Gesund, Schmerz und Freude. Nun, Sie wissen das selbst.

Diese Erlebnisse des Erlöstwerdens sichern natürlich nicht gegen neue Verzweiflungen. Aber sie fördern den Glauben daran, daß jede Verzweiflung von innen überwindbar sei. Man wird nicht »gesund«, man verliert nicht den Schmerz (auch ich bin selten einen Tag ohne Schmerzen) – aber man beginnt wieder neugierig auf das zu werden, was uns noch bevorsteht, und findet den amor fati.

Man muß durch das Leid und durch die Verzweiflung hindurch, um wieder ans Licht zu kommen.

Der schwere Weg
Ein Märchen

Am Eingang der Schlucht, bei dem dunkeln Felsentor, stand ich zögernd und drehte mich zurückblickend um.

Sonne schien in dieser grünen wohligen Welt, über den Wiesen flimmerte wehend die bräunliche Grasblüte. Dort war gut sein, dort war Wärme und liebes Behagen, dort summte die Seele tief und befriedigt wie eine wollige Hummel im satten Duft und Lichte. Und vielleicht war ich ein Narr, daß ich das alles verlassen und ins Gebirge hinaufsteigen wollte.

Der Führer berührte mich sanft am Arm. Ich riß meine Blicke von der geliebten Landschaft los, wie man sich gewaltsam aus einem lauen Bade losmacht. Nun sah ich die Schlucht in sonnenloser Finsternis liegen, ein kleiner schwarzer Bach kroch aus der Spalte, bleiches Gras wuchs in kleinen Büscheln an seinem Rande, auf seinem Boden lag herabgespültes Gestein von allen Farben tot und blaß wie Knochen von Wesen, welche einst lebendig waren.

»Wir wollen rasten«, sagte ich zum Führer.

Er lächelte geduldig, und wir setzten uns nieder. Es war kühl, und aus dem Felsentore kam ein leiser Strom von finsterer, steinig kalter Luft geflossen.

Häßlich, häßlich, diesen Weg zu gehen! Häßlich, sich durch dies unfrohe Felsentor zu quälen, über diesen kalten Bach zu schreiten, diese schmale schroffe Kluft im Finstern hinanzuklettern!

»Der Weg sieht scheußlich aus«, sagte ich zögernd.

In mir flatterte wie ein sterbendes Lichtlein die heftige, ungläubige, unvernünftige Hoffnung, wir könnten vielleicht wieder umkehren, der Führer möchte sich noch überreden lassen, es möchte uns dies alles erspart bleiben. Ja, warum eigentlich nicht? War es dort, von wo wir kamen, nicht tausendmal schöner? Floß nicht dort das Leben reicher, wärmer, liebenswerter? Und war ich nicht ein Mensch, ein kindliches und kurzlebiges Wesen mit dem Recht auf ein bißchen Glück, auf ein Eckchen Sonne, auf ein Auge von Blau und Blumen?

Nein, ich wollte dableiben. Ich hatte keine Lust, den Helden und Märtyrer zu spielen! Ich wollte mein Leben lang zufrieden sein, wenn ich im Tal und an der Sonne bleiben durfte. Schon fing ich an zu frösteln; hier war kein langes Bleiben möglich.

»Du frierst«, sagte der Führer, »es ist besser, wir gehen.«

Damit stand er auf, reckte sich einen Augenblick zu seiner ganzen Höhe aus und sah mich mit Lächeln an. Es war weder Spott noch Mitleid in dem Lächeln, weder Härte noch Schonung. Es war nichts darin als Verständnis, nichts als Wissen. Dies Lächeln sagte: »Ich kenne dich. Ich kenne deine Angst, die du fühlst, und habe deine Großsprecherei von gestern und vorgestern keineswegs vergessen. Jeder verzweifelte Hasensprung der Feigheit, den deine Seele jetzt tut, und jedes Liebäugeln mit dem lieben Sonnenschein da drüben ist mir bekannt und vertraut, noch ehe du's ausführst.«

Mit diesem Lächeln sah mich der Führer an und tat den ersten Schritt ins dunkle Felsental voraus, und ich haßte ihn und liebte ihn, wie ein Verurteilter das Beil über seinem Nakken haßt und liebt. Vor allem aber haßte und verachtete ich sein Wissen, seine Führerschaft und Kühle, seinen Mangel an lieblichen Schwächen, und haßte alles das in mir selber, was ihm recht gab, was ihn billigte, was seinesgleichen war und ihm folgen wollte.

Schon war er mehrere Schritte weit gegangen, auf Steinen durch den schwarzen Bach, und war eben im Begriff, mir um die erste Felsenecke zu entschwinden.

»Halt!« rief ich so voller Angst, daß ich zugleich denken mußte: Wenn das hier ein Traum wäre, dann würde ihn in diesem Augenblick mein Entsetzen zersprengen, und ich würde aufwachen. »Halt«, rief ich, »ich kann nicht, ich bin noch nicht bereit.«

Der Führer blieb stehen und blickte still herüber, ohne Vorwurf, aber mit diesem seinem furchtbaren Verstehen, mit diesem schwer zu ertragenden Wissen, Ahnen, Schon-im-voraus-verstanden-Haben.

»Wollen wir lieber umkehren?« fragte er, und er hatte noch das letzte Wort nicht ausgesprochen, da wußte ich schon voll Widerwillen, daß ich »nein« sagen würde, nein würde sagen müssen. Und zugleich rief alles Alte, Gewohnte, Liebe, Vertraute in mir verzweiflungsvoll: »Sag ja, sag ja«, und es hängte sich die ganze Welt und Heimat wie eine Kugel an meine Füße.

Ich wollte »ja« rufen, obschon ich genau wußte, daß ich es nicht würde tun können.

Da wies der Führer mit der ausgestreckten Hand in das Tal zurück, und ich wandte mich nochmals nach den geliebten Gegenden um. Und jetzt sah ich das Peinvollste, was mir begegnen konnte: ich sah die geliebten Täler und Ebenen unter einer weißen entkräfteten Sonne fahl und lustlos liegen, die Farben klangen falsch und schrill zusammen, die Schatten waren rußig schwarz und ohne Zauber, und allem, allem war das Herz herausgeschnitten, war der Reiz und Duft genommen – alles roch und schmeckte nach Dingen, an denen man sich längst bis zum Ekel übergessen hat. Oh, wie ich das kannte, wie ich das fürchtete und haßte, diese schreckliche Art des Führers, mir das Geliebte und Angenehme zu entwerten, den Saft und Geist daraus weglaufen zu lassen, Düfte zu verfälschen und Farben leise zu vergiften! Ach, ich kannte das: was gestern noch Wein gewesen war, war heut Essig. Und nie wieder wurde der Essig zu Wein. Nie wieder.

Ich schwieg und folgte traurig dem Führer nach. Er hatte ja recht, jetzt wie immer. Gut, wenn er wenigstens bei mir und sichtbar blieb, statt – wie so oft – im Augenblick einer Entscheidung plötzlich zu verschwinden und mich allein zu lassen – allein mit jener fremden Stimme in meiner Brust, in die er sich dann verwandelt hatte.

Ich schwieg, aber mein Herz rief inbrünstig: »Bleib nur, ich folge ja!«

Die Steine im Bach waren von einer scheußlichen Schlüpfrigkeit, es war ermüdend und schwindelerregend, so zu gehen, Fuß über Fuß auf schmalem, nassem Stein, der sich unter der Sohle klein machte und auswich. Dabei begann der Bachpfad rasch zu steigen, und die finsteren Felsenwände traten näher zusammen, sie schwollen mürrisch an, und jede ihrer Ecken zeigte die tückische Absicht, uns einzuklemmen und für immer vom Rückweg abzuschneiden. Über warzige gelbe Felsen rann zäh und schleimig eine Haut von Wasser. Kein Himmel, nicht Wolke noch Blau mehr über uns.

Ich ging und ging, dem Führer nach, und schloß oft vor Angst und Widerwillen die Augen. Da stand eine dunkle Blume am Weg, sammetschwarz mit traurigem Blick. Sie war schön und sprach vertraut zu mir, aber der Führer ging rascher, und ich fühlte: Wenn ich einen Augenblick verweilte, wenn ich noch einen einzigen Blick in dies traurige Sammetauge senkte, dann würde die Betrübtheit und hoffnungslose Schwermut allzu schwer und würde unerträglich, und mein Geist würde alsdann immer in diesen höhnischen Bezirk der Sinnlosigkeit und des Wahns gebannt bleiben.

Naß und schmutzig kroch ich weiter, und als die feuchten Wände sich näher über uns zusammenklemmten, da fing der Führer sein altes Trostlied an zu singen. Mit seiner hellen, festen Jünglingsstimme sang er bei jedem Schritt im Takt die Worte: »Ich will, ich will, ich will!« Ich wußte wohl, er wollte mich ermutigen und anspornen, er wollte mich über die häßliche Mühsal und Trostlosigkeit dieser Höllenwanderung hinwegtäuschen. Ich wußte, er wartete darauf, daß ich mit in seinen Singsang einstimme. Aber dies wollte ich nicht, diesen Sieg wollte ich ihm nicht gönnen. War mir denn zum Singen zumute? Und war ich nicht ein Mensch, ein armer einfacher Kerl, der da wider sein Herz in Dinge und Taten hineingezerrt wurde, die Gott nicht von ihm verlangen konnte? Durfte nicht jede Nelke und jedes Vergißmeinnicht am Bach bleiben, wo es war, und blühen und verwelken, wie es in seiner Art lag?

»Ich will, ich will, ich will«, sang der Führer unentwegt. Oh, wenn ich hätte umkehren können! Aber ich war, mit des Führers wunderbarer Hilfe, längst über Wände und Abstürze geklettert, über die es keinen, keinen Rückweg gab. Das Weinen würgte mich von innen, aber weinen durfte ich nicht, dies am allerwenigsten. Und so stimmte ich trotzig und laut in den Sang des Führers ein, im gleichen Takt und Ton, aber ich sang nicht seine Worte mit, sondern immerzu: »Ich muß, ich muß, ich muß!« Allein es war nicht leicht, so im Steigen zu singen, ich verlor bald den Atem und mußte keuchend schweigen. Er aber sang unermüdet fort: »Ich will, ich will, ich will«, und mit der Zeit bezwang er mich doch, daß auch ich seine Worte mitsang. Nun ging das Steigen besser, und ich mußte nicht mehr, sondern wollte in der Tat, und von einer Ermüdung durch das Singen war nichts mehr zu spüren.

Da wurde es heller in mir, und wie es heller in mir wurde, wich auch der glatte Fels zurück, ward trockener, ward gütiger, half oft dem gleitenden Fuß, und über uns trat mehr und mehr der hellblaue Himmel hervor, wie ein kleiner blauer Bach zwischen den Steinufern, und bald wie ein blauer kleiner See, der wuchs und Breite gewann.

Ich versuchte es, stärker und inniger zu wollen, und der Himmelssee wuchs weiter, und der Pfad wurde gangbarer, ja ich lief zuweilen eine ganze Strecke leicht und beschwerdelos neben dem Führer her. Und unerwartet sah ich den Gipfel nahe über uns, steil und gleißend in durchglühter Sonnenluft.

Wenig unterhalb des Gipfels entkrochen wir dem engen Spalt, Sonne drang in meine geblendeten Augen, und als ich sie wieder öffnete, zitterten mir die Knie vor Beklemmung, denn ich sah mich frei und ohne Halt an den steilen Grat gestellt, ringsum unendlichen Himmelsraum und blaue bange Tiefe, nur der schmale Gipfel dünn wie eine Leiter vor uns ragend. Aber es war wieder Himmel und Sonne da, und so stiegen wir auch die letzte beklemmende Steile empor, Fuß vor Fuß mit zusammengepreßten Lippen und gefalteten Stirnen. Und standen oben, schmal auf durchglühtem Stein, in einer strengen, spöttisch dünnen Luft.

Das war ein sonderbarer Berg und ein sonderbarer Gipfel! Auf diesem Gipfel, den wir über so unendliche nackte Steinwände erklommen hatten, auf diesem Gipfel wuchs aus dem Steine ein Baum, ein kleiner, gedrungener Baum mit einigen kurzen, kräftigen Ästen. Da stand er, unausdenklich einsam und seltsam, hart und starr im Fels, das kühle Himmelsblau zwischen seinen Ästen. Und zuoberst im Baume saß ein schwarzer Vogel und sang ein rauhes Lied.

Stiller Traum einer kurzen Rast, hoch über der Welt: Sonne lohte, Fels glühte, Raum starrte streng, Vogel sang rauh. Sein rauhes Lied hieß: Ewigkeit, Ewigkeit! Der schwarze Vogel sang, und sein blankes hartes Auge sah uns an wie ein schwarzer Kristall. Schwer zu ertragen war sein Blick, schwer zu ertragen war sein Gesang, und furchtbar war vor allem die Einsamkeit und Leere dieses Ortes, die schwindelnde Weite der öden Himmelsräume. Sterben war unausdenkbare Wonne, Hierbleiben namenlose Pein. Es mußte etwas geschehen, sofort, augenblicklich, sonst versteinerten wir und die Welt vor Grauen. Ich fühlte das Geschehnis drücken und glühend einherhauchen wie den Windstoß vor einem Gewitter. Ich fühlte es mir über Leib und Seele flattern wie ein brennendes Fieber. Es drohte, es kam, es war da.

– – Es schwang sich der Vogel jäh vom Ast, warf sich stürzend in den Weltraum.

Es tat mein Führer einen Sprung und Sturz ins Blaue, fiel in den zuckenden Himmel, flog davon.

Jetzt war die Welle des Schicksals auf der Höhe, jetzt riß sie mein Herz davon, jetzt brach sie lautlos auseinander.

Und ich fiel schon, ich stürzte, sprang, ich flog; in kalte Luftwirbel geschnürt schoß ich selig und vor Qual der Wonne zuckend durchs Unendliche hinabwärts, an die Brust der Mutter.

Sobald das Leid groß genug ist, geht es vorwärts.

Furcht vor Wahnsinn ist meistens nichts anderes als *Furcht vor dem Leben*, vor den Forderungen unserer Entwicklung und unserer Triebe. Zwischen dem naiven Triebleben und dem, was wir bewußt sein möchten und zu sein streben, ist immer eine Kluft, man kann sie nicht überbrücken, wohl aber immer wieder überspringen, hundertmal, und jedesmal gehört Mut dazu und befällt uns vor dem Sprung einige Angst. Unterdrücken Sie die Regungen in sich nicht im voraus, nennen Sie sie nicht im voraus schon »Wahnsinn« etc., sondern hören Sie sie an, machen Sie sie sich deutlich! Jede Entwicklung ist mit solchen Zuständen verbunden, ohne Bedrängnis und Schmerzen geht es nicht. Wenn »Wahnbilder« Sie bedrängen, so schließen Sie nicht die Augen, sondern suchen Sie einmal, diese Bilder deutlich in sich werden zu lassen, sonst verfeinden Sie sich mit dem Chaos, das in Ihnen ist wie in jedem, nur immer mehr; Sie sollen sich aber mit ihm befreunden, es annehmen, mit ihm rechnen lernen. Und wenn es sogar Wahnsinn wäre, was in Ihnen steckt – Wahnsinn ist längst noch nicht das Ärgste, was einem Menschen begegnen kann; auch der Wahnsinn hat seine heilige Seite.

Ich bin im ganzen gegen das Heroische, und so auch gegen die Stoa, eher mißtrauisch, und so habe ich es in meinem eigenen Leben mit seltenen Ausnahmen (eine war der Tod meiner Mutter, den ich damals eine Zeitlang gar nicht an mich heran ließ) gehalten, daß ich für den kürzesten Weg durch die Welt der Schmerzen den ansah, der mitten durch den Schmerz hindurch führt, das heißt ich übergab mich ihm und den höheren Gewalten, und überließ es ihnen, was daraus werden würde.

Untergang ist etwas, das nicht existiert. Damit Untergang oder Aufgang wäre, müßte es unten und oben geben. Unten und oben aber gibt es nicht, das lebt nur im Gehirn des Menschen, in der Heimat der Täuschungen. Alle Gegensätze sind Täuschungen: weiß und schwarz ist Täuschung, Tod und Leben ist Täuschung, gut und böse ist Täuschung …

Dir scheint es Untergang, mir scheint es vielleicht Geburt. Beides ist Täuschung. Der Mensch, der an die Erde glaubt als an die feststehende Scheibe unterm Himmel, der sieht und glaubt Aufgang und Untergang und alle, fast alle Menschen glauben an die feste Scheibe! Die Sterne selbst wissen kein Auf und Unter.

Tagebuch 1920/1921
(Nach einer Krankheit)[1]

[ca. Nov. 1920]

Also nochmals drehen sich Erde und Sonne für mich, noch heut und noch lange spiegeln sich Blau und Wolke, See und Wald in meinem lebendigen Blick, nochmals gehört mir die Welt, nochmals spielt sie auf meinem Herzen ihre vielstimmige Zaubermusik. Über diesen Tag, über diese Seite meiner bunten Lebensblätter möchte ich ein Wort schreiben, ein Wort wie »Welt« oder »Sonne«, ein Wort voll Magie, voll Klang, voll Fülle, voller als voll, reicher als reich, ein Wort mit der Bedeutung vollkommener Erfüllung, vollkommenen Wissens.

Da fällt das Wort mir ein, das magische Wort für diesen Tag, ich schreibe es groß über dies Blatt: MOZART. Das bedeutet: die Welt hat einen Sinn, und er ist uns erspürbar im Gleichnis der Musik.

Gern möchte ich arbeiten. Ich arbeite zwar den ganzen Tag: ich studiere, ich führe Tagebücher, ich lese und schreibe Mengen von Briefen, lese neue Bücher, male, zeichne – aber das alles ist ja bloß Sammeln, Vorbereiten, Sichstimmen, es ist noch nicht Arbeit, noch nicht konzentriert, noch nicht Werk. Schwer sind die Zeiten ohne Werk zu ertragen, ohne die Spannung und Konzentration künstlerischer oder philosophischer Arbeit.

Seit vielen Monaten[2] liegt mein indischer Roman, mein Falke, meine Sonnenblume, der Held Siddhartha da, bei einem mißglückten Kapitel abgebrochen – ich kann mich des Tages noch so wohl entsinnen, wo ich sah, daß es nicht weiterging, daß ich warten, daß etwas Neues dazu kommen müsse! Er begann so schön, er gedieh so geradlinig, und plötzlich war es aus! Die Kritiker und Literarhistoriker sprechen in diesen Fällen vom Nachlassen der Kräfte, vom Versiegen der Stimmung, vom Verlieren der Konzentration – man lese irgend eine Goethe-Biographie mit ihren trottelhaften Anmerkungen nach!

Nun, in meinem Fall ist die Sache einfach. In meiner indischen Dichtung war es glänzend gegangen, solange ich dichtete, was ich erlebt hatte: Die Stimmung des jungen Brahmanen, der die Weisheit sucht, der sich plagt und kasteit. Als ich mit Siddhartha dem Dulder und Asketen zu Ende war und Siddhartha den Sieger, den Jasager, den Bezwinger dichten wollte, da ging es nicht mehr. – Ich werde ihn dennoch weiter dichten, einmal, am Tag der Tage, und er wird doch ein Sieger werden.

[ca. Jan. 1921]

Inzwischen schreiben mir unentwegt reichsdeutsche Couleurstudenten ihre mannhaften Haßbriefe, voll Mark und edler Entrüstung, und ich brauche nur einen dieser Briefe zu lesen, einen dieser zwanghaften, krampfigen, bösen Briefe von Hampelmännern, so sehe ich, wie gesund ich trotz allem bin, wie ich ihnen auf die Nerven gehe, wie ich sie aufrege und in Not bringe, wie viel Verführung zu Gefahr, zu Denken, zu Geist, zu Einsicht, zu Spott, zu Phantasie doch aus meinen Worten spürbar sein muß. Aber wie traurig ist doch der Geist, vielmehr die Geistlosigkeit, aus der jene Gesinnungen und Briefe kommen! Ein Student aus Halle schrieb mir kürzlich, und nachdem er mir seine und seiner Kommilitonen tiefe und tödliche Verachtung ausgesprochen, legt er ein Bekenntnis ab – er nennt diejenigen deutschen Namen, zu denen er sich bekennt, die er als Fahnen und Vorbilder über sich weiß. Es sind: Kant, Fichte, Hegel, Wagner und noch einige! Also kein Goethe, kein Hölderlin, kein Nietzsche, auch kein Grimm, auch kein Eichendorff, und von den Musikern weder Mozart noch Bach noch Schubert, sondern einzig Wagner! Was ist das für eine vereinfachte, verarmte, mäßige dünne Geisteswelt! – Nur Geduld, Siddhartha!

Aber Geduld ist schwer. Geduld ist für den Geist das Schwerste. Es ist das Schwerste und ist das Einzige, was zu lernen sich lohnt. Alle Natur, alles Wachstum, aller Friede, alles Gedeihen und Schöne in der Welt beruht auf Geduld, braucht Zeit, braucht Stille, braucht Vertrauen, braucht den Glauben an langfristige Dinge und Prozesse von viel längerer Dauer, als ein einzelnes Leben dauert, Glauben an Zusammenhänge und Dinge, die keiner Einsicht eines Einzelnen zugänglich sind. »Geduld« sage ich, und könnte ebenso gut sagen Glauben, Gottvertrauen, Weisheit, Kindlichkeit, Einfalt.

Wie seltsam lange braucht man, um sich selbst ein klein wenig zu kennen – wie viel länger, um Ja zu sich zu sagen und in einem überegoistischen Sinne mit sich einverstanden zu sein! Wie muß man doch immer wieder an sich herum machen, mit sich kämpfen, Knoten lösen, Knoten durchhauen, neue Knoten knüpfen! Ist man damit einmal zu Ende, ist einmal die volle Einsicht, die volle Harmonie, das volle fertige Lächeln und Jasagen da, ist dies Ziel einmal erreicht: dann lächelt man und stirbt, das ist der Tod, das ist die Erfüllung des Diesmaligen, der willige Eintritt ins Gestaltlose, um daraus wiedergeboren zu werden. So weit vermag ich diesen Faden zu denken. Das Nichtmehrgeborenwerden, das echte Nirwana, die Seligkeit des Erreichthabens, ist mir in ihrem vollen, echten Sinn (nicht in dem einer bloßen Müdigkeit und Sehnsucht nach Rast) noch niemals ganz erfaßbar und vorstellbar geworden. Siddhartha wird, wenn er stirbt, nicht Nirwana wollen, sondern neuen Umlauf, neue Gestaltung, Wiedergeburt.

Ach, zehn und mehr Tagebücher sollte ich führen. Drei, vier habe ich schon begonnen. Eines heißt »Tagebuch eines Wüstlings«, eines »Urwald der Kindheit«, eines »Traumbuch«. Dazu müßte ein Malertagebuch kommen, ein Musiktagebuch, eines über den alten Kampf zwischen Lebenstrieb und Todessehnsucht, Tagebuch des Selbstmörders, vielleicht auch ein Tagebuch der Besinnungen, des Suchens nach Maßstäben: Anwendung des persönlich Gedachten auf Allgemeines, auf Natur, auf Politik, auf Geschichte. Und dann noch drei oder vier andre Bücher müßte ich führen können, um eine Weile den Versuch der Polyphonie und Bipolarität zu machen, um die Rundheit und Allseitigkeit der Seele irgendwie zu dokumentieren. Es geht nicht, schon das Kleinste ist zuviel, schon das Simpelste zu kompliziert, die Hand müßte zwanzig Finger und der Tag hundert Stunden haben. O indische Götter mit zehn und zwanzig Armen! Wie wahr seid ihr!

Und mit allen diesen zehn Tagebüchern wäre nur erst notiert, nur erst geschrieben! Noch nicht geschlafen und geträumt, noch nicht gemalt und musiziert, noch nicht Freundschaft, Liebe, Hunger, Geschlecht, Lebensfülle gelebt – nein, der Tag müßte tausend Stunden haben!

Man kann ja natürlich Maß halten, man kann Technik üben, beim Möglichen bleiben – aber jedes versuchte Maß ist gar so nah bei jenem Maß, mit dem die Schullehrer den Goethe messen – und hat es denn einen Sinn, sich um Mögliches zu bemühen? Schon das kleinste Kunstwerkchen, eine Bleistiftskizze von sechs Strichen und ein Gedichtvers von vier Zeilen versucht frech und blind das Unmögliche, geht aufs Ganze, will das Chaos in die Nußschale schöpfen!

Das ist das Leid des Künstlers. Ein Werk gestalten, geduldig, fleißig, liebevoll, ein Gedicht, ein Bild, einen Roman – und daneben rollt die Welt, wird stündlich reicher, voller, vielfältiger – und man soll nun an seinem dünnen Faden bleiben, sein Werk weiter spinnen, diesen einen, einzigen, armen Faden, soll täglich und stündlich die Flut von Träumen, Ansichten, Einfällen unterdrücken oder einschmelzen, um weiter an der einen dünnen Melodie zu dichten, in der man doch kein Tausendstel des Gewollten einfängt! Furchtbar ist dieser Zwang zum Gestalten, furchtbar und herrlich, und wird von Mal zu Mal, von Versuch zu Versuch, von Werk zu Werk schwerer, verhängnisvoller, entsagungsreicher, wütender und glühender. Und dann das Ergebnis! Ich meine nicht den »Erfolg«, das Urteil der Schreiber, den Beifall des Bürgers, den Brief des Backfischs – diese Mißverständnisse sind komisch und lassen sich ertragen – sondern das tatsächliche Ergebnis, das »Werk« selbst, so wie es schließlich vor dem Künstler liegt und ihn ansieht – so klein, so spöttisch, so gar nichts! Es soll Künstler geben, die ihre fertigen Werke lieben – wie ist das möglich?!

Wenn man die Dichtung als Bekenntnis auffaßt – und nur so kann ich sie zur Zeit auffassen –, dann zeigt sich die Kunst als ein langer, vielfältiger, gewundener Weg, dessen Ziel es wäre, die Persönlichkeit, das Künstler-Ich so vollkommen, so verästelt, so bis in alle Spaltungen hinein auszusprechen, so vollkommen auszusprechen, daß dies Ich am Ende gleichsam abgewickelt und erledigt, daß es ausgetobt und ausgebrannt wäre. Dann könnte das Höhere folgen, das Überpersönliche und Überzeitliche, die Kunst wäre überwunden, der Künstler wäre reif, ein Heiliger zu werden. Die Funktion der Kunst, soweit sie die Person des Künstlers selbst angeht, wäre dann genau dasselbe wie die Funktion der Beichte, oder der Psychoanalyse. Diesen Sinn hatten alle späteren Schriften Nietzsche's, die Bekenntnisbücher Strindberg's, die Aufzeichnungen Flaubert's.

Das Ende und Ziel des Künstlers wäre dann nicht die Kunst oder das Werk, sondern die Selbstaufhebung, die Preisgabe und Opferung des beschränkten, in Komplexen und Leiden gefangenen Ich zu Gunsten der Seelenstille und Heiligkeit, das Ziel wäre die Entwicklung zum überpersönlichen Ich, zum Heiligen, der auf die Welt und Zeit nicht mehr persönlich reagiert, sondern in dessen Seelenzustand das Chaos der Welt zu Sinn und Musik wird, in dessen Atem Gott ein und aus geht. Es ist nur die Frage, ob dieser Weg vom Künstler zum Heiligen, vom Bekennen und Beichten zum Ruhen in Gott wirklich ein Weg ist, ob er möglich ist, ob man ihn gehen, ob er zum Ziel führen kann. Ich weiß es nicht, und ich zweifele sehr daran, obwohl ich selber eben diesen Weg gehe, gehen muß! So wie ein Mensch sich in einer Psychoanalyse verlieren kann, indem er von der Wichtigkeit und Bedeutsamkeit aller Äußerungen seines Unbewußten fasziniert wird, so kann der bekennende Künstler, indem er Stoß um Stoß sich selber auswirft, sich selber ausspricht, sich selber rastlos abwickelt und ausspeit, gerade immer tiefer in die Zusammenhänge seines beschränkten Ich hineingeraten, sich immer tiefer in die eigenen Probleme, die eigenen Leiden, die eigenen Komplexe verwickeln, und dies führt genau in die entgegengesetzte Richtung, macht den Künstler genau zum Gegenteil des Heiligen. (Nebenbei gesagt: ich verstehe unter dem »Heiligen« etwas zum Teil anderes als die christliche Terminologie, ich meine mit ihm nicht den Gerechten, sondern vor allem den Frommen, den mit Gott Einverstandenen, der alles, was seine Sinne ihm zutragen, als gottgewollt, also notwendig, also gut aufzunehmen vermag, der stets fähig ist, zwei Gegensätze als Einheit zu sehen, zu jedem Standpunkt den polar entgegengesetzten als gleichberechtigt anzuerkennen.)

Der Haken liegt darin, daß wahrscheinlich das Bekenntnis des Künstlers, einerlei welchen Sinn er ihm bewußt unterlege, niemals reine Beichte ist! Die reine Beichte ist einfach das Ausbrechen gärender Säfte, ist Entledigung, Entäußerung, Lüftung. Das künstlerische Bekenntnis dagegen neigt stets und unfehlbar nach der Selbstrechtfertigung. Die Beichte wird vom Künstler überschätzt, er wendet ihr eine Liebe und Sorgfalt zu wie nichts anderem in der Welt, und je aufrichtiger, je sorgfältiger und vollständiger, je rücksichtsloser das Bekenntnis ist, desto mehr ist es in Gefahr, wieder ganz Kunst, ganz Werk, ganz Selbstzweck zu werden. Der Künstler neigt stets dazu, in seinem Bekenntnis aufzugehen, seine ganze Aufgabe und Leistung in seine Beichte zu verlegen, und damit immer im Zauberkreis der eigenen, persönlichen Angelegenheiten rundum zu irren. Denn der Künstler ist ohnehin ein Mensch, der die Bedeutung seines Werkes übertreiben muß, weil er seine ganze Lebensleistung, damit seine ganze Selbstrechtfertigung aus dem Leben weg in sein Werk verlegt hat. Man vergleiche die Konfessionen eines Heiligen mit denen eines Literaten, so wird sofort der Unterschied klar: Augustinus und Rousseau. Der eine gibt sich selbst preis, weil er sich Gott anheim gegeben hat: der andre rechtfertigt sich. Vom gleichen Antrieb ausgehend, enden sie an genau entgegengesetzten Polen: der eine beim Heiligen, der andre beim Dichter: der eine überwindet seine Person und wird ein großer Mensch, der andre bleibt in seinen Komplexen gefangen und kommt über den interessanten Menschen nicht hinaus. Für mein Gefühl steht Nietzsche in der Mitte zwischen jenen beiden, während Strindberg ganz nahe bei Rousseau steht.

Da wäre freilich der alte, klare, einfache Weg auch für mich, den Künstler, der bessere: der sofortige und rücksichtslose Verzicht auf das empirische Ich, die Imitatio Jesu. Warum ich diesen einfachen Weg nicht gehe, warum er mir verschlossen ist (sei es nun für immer oder nur für jetzt), weiß ich noch nicht. Mein Leben könnte dadurch nicht schwerer, nicht heikler, nicht schmerzlicher und problematischer werden als es jetzt ist – und doch ist jener Weg mir nicht offen, oder noch nicht. Und doch sehe ich: es ist der einzige, der zum Heiligen führt, und der ist nun einmal das stärkste und lockendste Vorbild für mich. Wäre ich in einer anständigen religiösen Tradition aufgewachsen, etwa als Katholik, so wäre ich wahrscheinlich zeitlebens dabei geblieben. So aber gehört es zu meiner Herkunft und Bestimmung, daß ich aus einer zwar intensiv religiösen, aber durchaus protestantisch-sektiererischen Tradition herkomme. Und das ist ja nicht zufällig – ich habe das gewollt, ich habe mir selbst diese Herkunft, diese Konfession, diese Belastung mit Sektierer- und Reformationsgeist ausgewählt oder eingebrockt, und wie in der Stunde meiner Geburt Saturn und Mars, Jupiter und Mond gestanden sind, und nichts anders sein konnte und durfte, so stand auch der fromme pietistische Vater und der protestantische Taufstein für mich bereit. Es war mir nicht bestimmt, es lag nicht in meinem Plan, die Bequemlichkeiten und Genüsse einer haltbaren, einer guten, schönen und gesunden Religion zu den Stützen meines Lebens zählen zu dürfen: es war mir notwendig, in einer aufrührerischen, überhitzten, in einer unglücklichen, kurzfristigen, sich selber zerstörenden Religion aufzuwachsen, die ich mir mit dem ersten Erwachen des Denkens selber zerstören mußte. Ja, ich habe das gewollt, ich habe mir das aufgeladen, wie meinen Körper, mein Vaterland, meine Sprache, meine Fehler und Begabungen.

Meine Beschäftigung mit Indien, die nun schon bald zwanzig Jahre alt ist, scheint mir nun an einem neuen Entwicklungspunkt angelangt zu sein. Bisher galt mein Lesen, Suchen und Mitfühlen fast ausschließlich dem philosophischen, dem rein geistigen, dem vedantischen und buddhistischen Indertum, die Upanischaden und die Reden Buddhas standen im Mittelpunkt dieser Welt. Erst jetzt nähere ich mich mehr dem eigentlich religiösen Indien der Götter, des Vishnu und Indra, Brahma, Krishna etc. etc. Und jetzt erscheint der ganze Buddhismus mir mehr und mehr als eine Art indischer Reformation, genau entsprechend der christlichen. Buddha, obgleich der viel Tiefere, scheint mir jetzt sehr wohl mit Luther vergleichbar (natürlich nur in seinem Verhältnis zum Alten, zum Priestertum und Brahmanismus). Und der Verlauf der großen buddhistischen Welle scheint mir sehr ähnlich dem Verlauf der Reformation in

Europa. Es beginnt beidemal mit einer Vergeistigung und Verinnerlichung, es wird das Gewissen des Einzelnen zur wichtigsten Instanz, es wird mit äußerlichem Kult, mit Käuflichkeit der Gnade, mit Zauber und Opferkult aufgeräumt, die Priesterkaste verliert an Einfluß, das Denken und Gewissen des Einzelnen wehrt sich gegen alte Autoritäten. Inzwischen aber reformiert und erneuert sich das angegriffene und erschütterte Alte in sich selbst, und während die neue Lehre ziemlich rasch abgebraucht wird und als Kirche und Volksreligion wieder degeneriert, zeigt sich die alte, naive Religion als die ausdauerndere und steht mit neuen Kräften da. Wie nach wenigen Jahrhunderten die protestantische Kirche verkommt, als Kult verarmt und verknöchert, so sinkt ähnlich der Buddhismus wieder zurück vor dem Auffluten neuer Kulte und Seelenwelten aus dem alten Götterreich. Der abgeschaffte Vishnu und Indra kehrt wieder, Götter um Götter werden geboren, verwandeln sich, bereichern sich, werden verehrt, werden in aufblühenden riesigen Kunstwerken gefeiert, und die buddhistisch-reine, stille, gute, heilige Lehre, die eine Zeitlang die Erlösung der Welt und das Ende aller Priesterherrschaft bedeutet hatte, wird allmählich zu einer stillen, geduldeten Sekte, deren Fortbestehen niemand aufregt, an deren Lehre und Kult aber das Herz des Volkes keinen Teil mehr hat. Beidemale, in Indien und in Europa, ist die götterlose, scheinbar so viel reinere, geistigere, protestantische Religion nicht als Religion zeugungsfähig geblieben, sie wird zu Philosophie, zu Wissenschaft, zu Dialektik. Allerdings hat bis heute die katholische Kirche, wenn sie auch sichtlich die Reformation siegreich überdauert, nicht entfernt die schöpferische Kraft gezeigt wie der Brahmanismus.

Was die katholische Kirche vor den reformierten, was der

Götterkult vor dem Buddhismus voraus hat, ist nicht etwa bloß die Ästhetik, die Anschaulichkeit und reiche Form des Kultus. Es ist vor allem die Elastizität und Plastizität des Gedankens und die unendlich größere Anpassungsfähigkeit. Der reformierte, puritanische Glaube fordert eine Hingabe des Selbst, deren wenige fähig sind, und auch die wenigen nicht immer, nur in seltneren gehobenen Stunden. Das Opfer meiner Selbst, meiner Triebe und Wünsche kann ich nur selten und nur unvollkommen bringen; das Opfer der Gaben, der Anbetungen, der Bekränzungen, der Tänze und Kniebeugen aber kann ich jederzeit leisten, und in der rechten Stunde werden auch diese scheinbar äußerlichen, rohen und mechanischen Opfer innerlich eins sein mit der Darbringung meiner Selbst. Der katholische Gottesdienst ist zu jeder Stunde möglich, der katholische Priester braucht nur das Meßgewand anzuziehen, um sofort Priester zu sein – der lutherische Gottesdienst widerspricht sich selbst und entbehrt der Weihe, und der protestantische Priester muß in langen, mühsamen Predigten beweisen, daß er Priester sei, und niemand glaubt es ihm. Und so erzieht denn auch jede reformatorisch gefärbte Religion zu einem bösen Kultus der Minderwertigkeitsgefühle.

[ca. 17. 2. 1921]

Heut Nacht hatte ich einen ungewöhnlichen Traum, insofern ungewöhnlich, als ich meines Wissens bisher noch nie einen tiefen Absturz geträumt habe, ohne am Ende des Sturzes zu erwachen. Und diesmal erwachte ich nicht, wenigstens nicht ganz. Es war so: Ich fuhr, mit einer ganzen großen Gesellschaft, in einem Wagen mit Pferden auf einer Landstraße. Wir kommen an eine Stelle, wo die Straße große Kurven macht, und plötzlich sehe ich, daß unsre Pferde, statt der Kurve nach, gradeaus laufen und senkrecht in den Abgrund stürzen. Im Augenblick waren wir auch schon fallend in der Luft, alle wurden still und bleich, man wartete in furchtbarster Spannung auf den Moment, wo wir unten aufschlagen würden. Das Fallen durch die Luft dauerte lange, dann sagte einer von uns: »Jetzt!«, und wir schlugen auf und ich verlor das Bewußtsein. Ich hatte das Gefühl, ich würde am Leben bleiben, aber natürlich nicht unverletzt, und wartete mit banger Spannung darauf, wie mir beim Wiedererwachen aus der Ohnmacht zu Mute sein werde. Ich erwachte dann auch, ganz langsam und allmählich, und hatte zunehmend ein häßliches Gefühl von Kranksein und Lähmung.

Heute nach langer Zeit kam wieder einmal ein Mensch zu mir. Ich hatte nach Tisch, um mich warm zu laufen und um Holz zu sparen, meinen üblichen Winterspaziergang gemacht, war im leise fallenden Schnee gegen zwei Stunden unterwegs gewesen und kam wieder nach Hause, zündete Feuer im Kamin an und dachte: da sitze ich nun wieder einmal und könnte ebenso gut in Berlin oder Amerika oder längst tot sein, mein Tun und Leben ist für niemand nütze, verläuft einsam in sich selber, ohne Frucht. Da klopfte es, ich kam etwas unwirsch heraus, eine fremde Dame stand draußen, fragte nach mir, kam herein, nannte keinen Namen, setzte sich vor den Kamin und begann sofort zu erzählen. Sie hatte das Bedürfnis zu beichten, wußte von mir, weil sie Demian gelesen hatte. Sie erzählte die Geschichte ihrer Ehe, sie war eben ihrem Mann davongelaufen, vieles war mir geläufig, andres neu und seltsam. Gegen drei Stunden saß sie und erzählte, oft sehr mühsam und stöhnend, ich sagte fast gar nichts, hörte nur zu und sprach am Schluß freundlich und behutsam zu ihr, wie Leidende es brauchen. Dann ging sie wieder, sichtlich erleichtert, und so kann ich mir nun einbilden, daß mein Nachmittag doch nicht ins Leere gefallen ist und irgend eine Frucht trägt.

Aber es gibt nichts Schwereres, als irgendwie Beichtvater oder Seelsorger zu sein. Es kommen je und je Menschen mit solchen Bedürfnissen zu mir, aber für mich ist es häufig nicht bloß schwierig, sondern bringt mich geradezu zurück und schadet mir. Im Grunde kann ich, wenn ein armer Mensch mir seine Geschichte erzählt hat, eigentlich nichts andres sagen als: »Ja, das ist traurig, so traurig ist das Leben oft, ich weiß es, es ist mir auch so gegangen. Suche es zu tragen, und wenn alles nimmer hilft, dann trinke eine Flasche Wein, und wenn auch das nichts hilft, dann wisse, daß es die Möglichkeit gibt, sich eine Kugel in den Kopf zu schießen.« Statt dessen versuche ich, meine Trostgründe und Lebensweisheiten aufzuführen, und wenn ich auch wirklich einige Wahrheiten weiß, so sind sie doch alle im Augenblick, wo man sie laut ausspricht und sie als Medizin gegen einen tatsächlichen, aktuellen Schmerz verzapft, ein wenig theoretisch und leer, und plötzlich kommt man sich vor wie ein Pfarrer, der mit gewohnten Sprüchen seine Leute tröstet und dabei das elende Gefühl hat, etwas Handwerksmäßiges zu tun.

Das vergangene Jahr, 1920, ist wohl das unproduktivste in meinem Leben gewesen, und damit das traurigste, obwohl es nicht das Jahr der schwersten Erschütterungen war. Jetzt, in diesem neuen Jahr 1921, geht es im selben Stil weiter. Es ist schon seltsam, wie recht in diesen Dingen die Astrologie hat, wenigstens wenn sie von einem Menschen wie Englert[3] geübt wird. Ich habe astrologisch schwere Oppositionen, die noch lange dauern werden, und die sich in meinem Leben als schwere Hemmungen und Depressionen äußern. Oft fällt es mir lächerlich schwer, das Leben weiterzuführen und nicht wegzuwerfen, so leer und fruchtlos ist dies Leben geworden.

Vor zwei Jahren war mein letzter Höhepunkt. Das Jahr 1919 bis zum September war das vollste, üppigste, fleißigste und glühendste meines Lebens. Im Januar schrieb ich »Kinderseele« zu Ende und im selben Monat innerhalb drei Tagen und Nächten den »Zarathustra«, gleich darauf den Akt »Heimkehr«, dabei war mein Leben sehr gehetzt, meine Frau im Irrenhaus, im April erfolgte die Trennung von meiner Frau und Familie, der Wegzug von Bern, alles voll Sorgen und Schwierigkeiten innen und außen, aber kaum war ich im Tessin, so fing ich »Klein und Wagner« an, und kaum war der fertig, schrieb ich den »Klingsor«, und daneben malte ich Tag für Tag, viele hundert Studienblätter voll, zeichnete, hatte regen Verkehr mit vielen Menschen, hatte zwei Liebschaften, saß manche Nacht im Grotto beim Wein – an allen Enden zugleich brannte meine Kerze. Und jetzt lebe ich, seit fast anderthalb Jahren schon, wie eine Schnecke, langsam und sparsam, arbeite zwar viel (mechanisch: Korrespondenz, Studien, Lektüre, Buchrezensionen etc.), aber nichts Produktives, die Flamme ist ganz tief geschraubt. Komischerweise sind gerade in diesem toten Jahr 1920 eine ganze Reihe von Publikationen von mir erschienen, man gratuliert mir oder schüttelt den Kopf zu solcher Fruchtbarkeit, aber alles liegt weiter zurück, in Wirklichkeit habe ich in diesem ganzen Jahr außer wenigen kleinen Aufsätzen und dem steckengebliebenen ersten Teil des »Siddhartha« nichts produziert.

Heute ist wieder ein aggressiver Haßbrief gekommen, von einem Arzt und dilettantischen Dichter in München, der mir die Eröffnung eines literarischen Feldzuges gegen mich mitteilt und mich in der üblichen Weise angreift. So deutlich die direkten Motive des Mannes sichtbar sind – er hat sich vor einem Jahr bei einem Aufenthalt in Lugano an mich anzubiedern versucht und ist von mir abgewiesen worden –, so sehe ich doch, daß die Mentalität, aus der solche Briefe stammen, mich noch als Rätsel beschäftigt, denn ein Rest von Ärger oder Mißstimmung über diese ziemlich rüden Briefe ist bei mir doch da. Sie alle nehmen an, daß es mir darum zu tun sei, Einfluß zu haben und Ruhm zu ernten, ein »Führer« zu sein etc., und ich sehe nun auch, daß dieser Irrtum zum Teil von einer mißverständlichen Auffassung meiner Tätigkeit bei »Vivos voco«[4] herrührt. Aber ganz ist mir das Rätsel doch noch nicht gelöst, und da ich über diese Briefe zwar lachen kann, sie aber gelegentlich doch immer noch als lästig empfinde, muß auch bei mir noch ein Fehler und Irrtum da sein. Bin ich denn wirklich von der ganzen Welt, in der diese Menschen leben, von dem ganzen Lärm und Wettbewerb der Literatur, Politik, Presse etc. etc. so weit weg, daß die Sprache dieser Welt mir gar nimmer verständlich ist? Das kann kaum sein. Wenn ich mit jener Welt auch nichts mehr gemein habe, ich habe doch lang genug ihre Luft geatmet, um sie zu kennen. Ich sollte über alles, was aus jener Welt kommt, die Achsel zucken und lächeln können, und es nach einer Minute schon vergessen haben. Warum ist das nicht so? Ist da ein Fehler bei mir, ein Komplex, eine falsche Einstellung, oder ist es nur die Erbsünde, die Ur-Trauer, an die jene Angriffe mir rühren, etwa so wie man beim Anblick von großem Elend, von scheußlichen Krankheiten, von jammervollen rußigen Fabrikstädten vom

Gefühl ergriffen wird, das Leben sei doch nichts wert und es wäre besser, es gäbe keines? Ich habe über das nachgedacht, was jene Leute, jene Briefschreiber von mir halten, und weiß, daß ich vom Ehrgeiz eines »Führers« völlig frei bin, nicht aber vom Ehrgeiz oder der Eitelkeit des Künstlers. Und möglicherweise sitzt dort der Haken, vielleicht bin ich nur darum mit einem Rest meines Wesens empfindlich gegen jene Angriffe, weil es mich enttäuscht, daß ich trotz meiner intensiven Bemühungen, mein Wesen und meine Stellung zur Welt auszudrücken und in Worten zu gestalten, doch so gründlich mißverstanden werden kann. Den Buddhisten ist das Disputieren über Nirwana verboten. Ob Nirwana Erlöschen oder Einssein mit Gott sei, ob es negativ oder positiv, Seligkeit oder nur Ruhe bedeute, darüber zu sprechen, hat Buddha abgelehnt und verboten. Ich glaube auch, daß der Streit hierüber unnütz ist. Nirwana ist, wie ich es verstehe, das Zurückkehren des Einzelnen zum ungeteilten Ganzen, der erlösende Schritt hinter das prinzipium individuationis zurück, also, religiös ausgedrückt, Rückkehr der Einzelseele zur Allseele, zu Gott. Eine andere Frage ist es, ob man diese Rückkehr begehren und suchen soll oder nicht, ob man es auf dem Wege Buddhas tun soll oder nicht. Wenn Gott mich in die Welt hinaus wirft und als Einzelnen existieren läßt, ist es dann meine Aufgabe, möglichst rasch und leicht wieder zurück ins All zu kommen – oder soll ich nicht vielmehr Gottes Willen gerade dadurch erfüllen, daß ich mich treiben lasse (in »Klein und Wagner« nannte ich es »sich fallen lassen«), daß ich seine Lust, sich immer wieder in Einzelwesen zu spalten und auszuleben, mit ihm büße? Hier schmeckt mir die reine Vernünftigkeit der Buddhalehre heute nicht mehr so vollkommen, und gerade was ich in der Jugend an ihr bewunderte, wird mir jetzt zum Mangel: diese

Vernünftigkeit und Gottlosigkeit, diese unheimliche Exaktheit und dieser Mangel an Theologie, an Gott, an Ergebung. Es scheint mir auch oft, daß wirklich Christus um einen Schritt weiter sei als Buddha, gerade dadurch, daß er die Frage der Wiedergeburten (an welche er sicher glaubte) und das Nirwana ganz aus dem Spiele ließ. Garbe[5] sagt, es gebe sechs Systeme der indischen Philosophie, und alle sechs beruhen auf einem Irrtum, nämlich auf dem Glauben an eine Seelenwanderung. Also das, was einige tausend Jahre hindurch die weisesten Männer gedacht und geglaubt haben, erklärt der Herr Professor mit stillem Lächeln für eine Dummheit. Nun, ich las trotzdem weiter, da ich Garbe und sein stets etwas nörglerisches Wesen schon kannte, und da stand es also: in einer kurzen Darstellung der Samkhya-Lehre, die ich vor zehn Jahren auch schon einmal gelesen hatte, finde ich den mechanischen Vorgang des Nirwana genau beschrieben, und sofort schien es mir höchst wahrscheinlich (wie auch Garbe vermutet), daß Buddha tatsächlich diese Lehre gekannt hat. Das Samkhya erkennt zwei Prinzipien, zwei Dinge ohne Anfang und Ende: die Materie und die Seelen. Ein höchst feiner Apparat in uns Menschen, den wir leicht irrtümlich für die Seele selbst halten (es ist das Nervensystem) vermittelt zwischen beiden. Einzig an der Materie geschieht Veränderung, alles Geschehen spielt sich lediglich an ihr ab, die Seele selbst bleibt stets sich gleich. Ich kann nun Freud und Leid überwinden und hinter mich bringen, indem ich das »Unterscheiden« lerne, d.h. indem ich einsehe, daß alles Geschehen meine Seele gar nichts angeht, daß ich jenen Apparat in mir mit meinem wahren Selbst verwechsele. Erkenne ich das und handle ich danach, so werde ich nicht wiedergeboren, denn mit der Abkehr der Seele vom Sinnlichen tritt Bewußtlosigkeit ein, meine Seele existiert zwar ewig weiter, aber ohne Bewußtsein, ich fühle also nichts mehr, und der Kontakt zwischen mir und der Materie (also auch zwischen mir und den Möglichkeiten der Wiedergeburt) ist ausgeschaltet.

Das Nachdenken über diese einfach formulierte, in Wahrheit höchst raffinierte Psychologie, verbunden mit gelegentlicher Meditation, tat mir in diesen Tagen merkwürdig wohl. Ich schrieb in diesen Tagen das Gedicht »Einmal, Herz, wirst du ruhn –«.[6]

Einmal, Herz, wirst du ruhn,
Einmal den letzten Tod gestorben sein,
Zur Stille gehst du ein,
Den traumlos tiefen Schlaf zu tun.
Oft winkt er dir aus goldnem Dunkel her,
Oft sehnst du ihn heran,
Den fernen Hafen, wenn dein Kahn,
Von Sturm zu Sturm gehetzt, treibt auf dem Meer.
Noch aber wiegt dein Blut
Auf roter Welle dich durch Tat und Traum,
Noch brennst du, Herz, in Lebensdrang und Glut.
Hoch aus dem Weltenbaum
Lockt Frucht und Schlange dich mit süßem Zwang
Zu Wunsch und Hunger, Schuld und Lust,
Spielt hundertstimmiger Gesang
Sein holdes Regenbogenspiel durch deine Brust.
Dich ladet Liebesspiel,
Urwald der Lust, zum Krampf der Wonne ein,
Dort trunkner Gast, dort Tier und Gott zu sein,
Erregt, erschlafft, hinzuckend ohne Ziel.
Dich zieht die Kunst, die stille Zauberin,
In ihren Kreis mit seliger Magie,

Malt Farbenschleier über Tod und Jammer hin,
Macht Qual zu Lust, Chaos zu Harmonie.
Geist lockt zu höchstem Spiel empor,
Den Sternen gegenüber stellt
Er dich, macht dich zum Mittelpunkt der Welt
Und ordnet rund um dich das All im Chor;
Vom Tier und Urschlamm bis zu dir herauf
Weist er der Herkunft ahnenreiche Spur,
Macht dich zum Ziel und Endpunkt der Natur,
Dann tut er dunkle Tore auf,
Er deutet Götter, deutet Geist und Trieb,
Zeigt, wie aus ihm sich Sinnenwelt entfaltet,
Wie das Unendliche sich immer neu gestaltet,
Und macht die Welt, die er zu Spiel zerschäumt,
Dir erst von neuem lieb,
Da du es bist, der sie und Gott und All erträumt.

Auch nach den düstern Gängen hin,
Wo Blut und Trieb das Schaurige vollziehn,
Auch dahin offen steht der Pfad,
Wo Rausch aus Angst, wo Mord aus Liebe blüht,
Verbrechen dampft und Wahnsinn glüht,
Kein Grenzstein scheidet zwischen Traum und Tat.
All diese vielen Wege magst du gehn,
All diese Spiele magst du spielen noch,
Und jedem folgt, so wirst du sehn,
Ein neuer Weg, verführerischer noch.
Wie hübsch ist Gut und Geld!
Wie hübsch ist: Gut und Geld verachten!

Wie schön: entsagend wegsehn von der Welt!
Wie schön: nach ihren Reizen brünstig trachten!

Zum Gott hinauf, zum Tier zurück,
Und überall zuckt flüchtig auf ein Glück.
Geh hier, geh dort, sei Mensch, sei Tier, sei Baum!
Unendlich ist der Welt buntfarbiger Traum,
Unendlich steht dir offen Tor um Tor,
Aus jedem braust des Lebens voller Chor,
Aus jedem lockt, aus jedem ruft
Ein flüchtig Glück, ein flüchtig holder Duft.
Entsagung, Tugend übe, wenn dich Angst erfaßt!
Steig auf den höchsten Turm, wirf dich herab!
Doch wisse: überall bist du nur Gast,
Gast bei der Lust, beim Leid, Gast auch im Grab –
Es speit dich neu, noch eh du ausgeruht,
Hinaus in der Geburten ewige Flut.

Doch von den tausend Wegen einer ist,
Zu finden schwer, zu ahnen leicht,
Der aller Welten Kreis mit einem Schritt ermißt,
Der nicht mehr täuscht, der letztes Ziel erreicht.
Erkenntnis blüht auf diesem Pfade dir:
Dein innerstes Ich, das nie ein Tod zerstört,
Gehört nur dir,
Gehört der Welt nicht, die auf Namen hört.
Irrweg war deine lange Pilgerschaft,
Irrweg in namenlosen Irrtums Haft,
Und immer war der Wunderpfad dir nah,
Wie konntest du so lang verblendet gehn,
Wie konnte solcher Zauber dir geschehn,
Daß diesen Pfad dein Auge niemals sah?!
Nun endet Zaubers Macht,
Du bist erwacht,
Hörst fern die Chöre brausen

Im Tal des Irrens und der Sinnen,
Und ruhig wendest du vom Außen
Dich weg, und zu dir selbst, nach innen.
Dann wirst du ruhn,
Wirst letzten Tod gestorben sein,
Zur Stille gehst du ein,
Den traumlos tiefen Schlaf zu tun.

Alle heroischen Forderungen und Tugenden sind Verdrängungen. Ich darf mich nicht ärgern über böse Briefe von Patrioten und Reaktionären – in der Tat repräsentiere ich für sie den Teufel, das absolut Unerlaubte, das Eingehen auf Chaos und Hölle.

»Tugenden« sind übrigens, ebenso wie Talente, eine Art von gefährlichen, wenn auch jeweils nützlichen Hypertrophien, etwa wie gezüchtete Gänselebern von abnormer Größe. Da ich kein Talent, auch keine Tugend in mir hochziehen kann, ohne die dazu erforderliche Seelenenergie andern Trieben wegzunehmen, bedeutet jede hochgetriebene Tugend eine Spezialisierung auf Kosten unterdrückter und notleidender Lebensrichtungen, ebenso wie man den Intellekt auf Kosten der Sinnlichkeit, oder das Gefühl auf Kosten des Verstandes ins Kraut schießen lassen kann.

Ich weiß wirklich nicht zu sagen, ob ich, mit meinem Versuch zu Freiheit und Eingehen auf das Chaos, nicht eine ebenso große Gefahr, ein ebenso großer Schädling bin wie die Patrioten und Rückwärtsler. Ich verlange von mir Zurückgehen hinter die Gegensatzpaare, Annehmen des Chaos. Dies ist dasselbe, was die Psychoanalyse verlangt, woher ich es ja zum Teil auch habe: Wir sollen, wenigstens für ein einziges Mal, alle Werturteile weglassen und uns selber ansehen, so wie wir sind, oder wie die Äußerungen des

Unbewußten uns zeigen, ohne Moral, ohne Edelmut und all den schönen Schein, in unsren nackten Trieben und Wünschen, unsern Ängsten und Beschwerden. Und erst von da aus, von diesem Nullpunkt aus sollen wir wieder versuchen, fürs praktische Leben Werttafeln aufzustellen, Ja und Nein, Gut und Böse zu trennen, Gebote und Verbote aufzustellen. Wenn nun einer diesen Weg geht, wenn er das Chaos in sich annimmt, sich auf die Urtriebe einläßt, der Moral den Laufpaß gibt, so ist durchaus nicht gesagt, daß er nun über kurz oder lang eine bessere, wahrere, höhere Moral oder Lebensordnung finden werde! Er kann ebenso gut, sogar weit wahrscheinlicher, den Grundtrieben ohne Hemmung verfallen und sich völlig gehen lassen, er kann wahnsinnig und Verbrecher werden. Ich weiß selber noch nicht recht, woher ich den stillen Glauben habe, daß es trotzdem nicht so gehen werde, wenn ein Mensch in meinem Sinn jenen Weg ins Chaos geht – vielleicht ist es nur ein Rest von Verdrängung und Moral in mir, daß ich das glaube, so wie ich in den Märchen »Der schwere Weg« und »Iris« diesen Vorgang dargestellt habe. Dort ist das Eingehen auf das Unbewußte einfach als ein Sicheinlassen mit fremden Mächten aufgefaßt, das an sich besser ist als das bloße Wegsehen von ihnen, und es bleibt noch ganz unklar, ob das Unbewußte den Pilger nicht einschlucken und verschlingen werde ...

[ca. Mai/Juni 1921]

In letzter Zeit kamen wieder einige Bestätigungen, nicht für meine Person, sondern dafür, daß mein Tun und Leben nicht ohne Bezug aufs Ganze, und daß etwas wie eine neue Strömung, eine neue Lehre, eine neue Lebensmöglichkeit in der Welt sei, zu deren Verkündern, oder Suchern, oder wenigstens zu deren Experimenten ich gehöre. Die Zeitschriften der Jüngsten in Deutschland bringen allmählich lange Artikel über meine Dostojewski-Aufsätze und meine Zarathustra-Broschüre, namentlich aber über Demian.

Das Interessanteste war das mit dem Schriftsteller Oskar A.H. Schmitz. Er war mir von früher her aus einigen Büchern bekannt als ein geistvoller, eleganter, weltmännischer, doch nicht tiefer, auch nicht poetisch bedeutender Autor, er schrieb witzige und angenehme Artikel über Reisen, Moden, Gesellschaftskritisches etc., immerhin über dem Durchschnitt. Neulich wurde ich an diesen Schmitz, von dem ich seit Jahren nichts mehr gelesen hatte, wieder erinnert durch Dr. Jung, der mir schrieb, das neue Buch von Schmitz, das »Dionysische Geheimnis«[7] enthalte »beträchtliche Sachen«. Ich kannte das Buch nicht, wußte auch gar nichts von ihm, schrieb aber nun sofort an den Verleger, er möge es mir schicken. Es kam eine Karte vom Verlag, daß das Buch unterwegs sei. Inzwischen traf von Schmitz selbst, der in Meran ist, ein Briefchen bei mir ein, in dem er sagt, er halte mich, seit Demian, für einen der »Kirchenväter der neuen Lehre«, und ob ich sein Buch gelesen habe, er habe seinen Verleger gebeten, es mir zu senden. Das hatte der Verleger also verbummelt, denn es war schon ein Vierteljahr her, aber durch Jungs Hinweis war die Sache also nun in Gang. Weiter schrieb Schmitz, er habe gehört, es gäbe Aufsätze von mir über Dostojewski, und ich möchte ihm sie doch zum Lesen senden. Das konnte ich gleich tun, sein Buch aber war noch nicht da, so daß ich ihm nur eine Karte schrieb, daß ich es lesen werde. Inzwischen nun ist sein Buch »Dionysisches Geheimnis« angekommen. Ich habe es soeben gelesen, mit höchster Verwunderung, denn es spiegelt, von einer ganz fremden Seite und Persönlichkeit her, fast genau dieselben inneren Erlebnisse, die ich selber in den letzten Jahren hatte und die mein Leben und mein Schreiben so sehr verändert haben. Das Buch ist übrigens im Stil keineswegs neu, enttäuschte mich sogar auf den ersten Seiten durch die altmodische Harmlosigkeit des Ausdrucks, es ist genau so geschrieben wie die früheren Werke von Schmitz – also nicht wie bei mir eine Erneuerung und Änderung des Ausdrucks. Ich las und war bald gefesselt und erstaunt durch das Problem: ein Geistiger, gewohnt frei und allein in edler abseitiger Genügsamkeit zu leben, erlebt den Krieg und wird an die allgemeine Dienstpflicht (die ich oft für die größte Barbarei Europas erklärt habe) erinnert, was auf ihn wirkt wie ein rotes Tuch. Er leidet schwer an der »Kasernenphobie«, bald in Angst vor der Sklaverei, bald in Empörung und Auflehnung. Allmählich wird sein Leiden zur Neurose. Die Selbsterkenntnis und die Heilung dieser Kriegs-Neurose (ich habe sie selbst ganz ähnlich erlebt!) bildet den Inhalt des höchst interessanten Buches. Drei Faktoren bringen die Entwicklung des Helden zustande: das Erlebnis des Krieges, die Neurose selbst, die ihn darauf aufmerksam macht, wie schlecht er in die Welt paßt! – dann das Erwachen des Individuums, die aufdämmernde Selbsterkenntnis: ich bin ja Gott, ich bin ja Atman, mir kann ja nichts geschehen – und zuletzt das bewußte Studium des Buddhismus samt buddhistischen Übungen, wobei Schmitz aber einen europäischen, dionysischen Buddhismus erfindet. Und auch hier wieder etwas höchst Seltsames: was der Held des Schmitz'schen Buches als sein »dionysisches Geheimnis« erlebt, genau das wollte ich, wenn auch in völlig andrer Art und Form, in meinem »Siddhartha« darstellen, dessen erster Teil seit bald einem Jahr fertig ist und seit Wochen in Berlin bei Fischer liegt[8], und dessen Fortsetzung mir nicht gelang, weil ich eigentlich darin etwas schildern wollte, das ich zwar kannte und ahnte, sogar wußte, aber noch selbst nicht recht innerlich besaß. Eben das nun hat dieser Schmitz in seinem Buch beschrieben! Es ist für mich eins der magischen kleinen Erlebnisse, deren ich so viele hatte. Außerdem aber bedeutet es mir: das, was mich seit Jahren beschäftigt, was mich plagt und oft krank macht, was meine Gedanken und Bücher erfüllt, was ich im »Siddhartha« darstellen wollte – eben das gärt und spielt auch in andern, ganz Ähnliches, ja genau Gleiches haben auch andre erlebt, und ihnen wie mir wurde zum Weg der Heilung und Entwicklung nächst den asiatischen Lehren (Buddha, Vedanta und Lao-Tse) die Psychoanalyse, welche wir nicht als eine Heilmethode ansehen, sondern als wesentliches Element der »neuen Lehre«, der Entwicklung eines neuen Stadiums der Menschheit, in der wir stehen …

Schlimm steht es allmählich mit meiner Verachtung vor dem, worin ich eigentlich leben sollte und woran zu glauben ich eigentlich notwendig hätte, mit meiner wachsenden Überzeugung von der vollkommenen Wertlosigkeit, Verdorbenheit und Verkommenheit der deutschen Geistigkeit und Literatur (vielleicht sogar der europäischen). Die Wissenschaft ist entweder Geldgeschäft oder Spielerei (woran schon Kant und Hegel und die ganze deutsche Philosophie stark beteiligt sind, welche alle es ablehnen, ihre denkerischen Ergebnisse ins Leben zu übertragen). Die Literatur ist Unterhaltung, Spiel, Scharlatanerie, das Ganze eine Börse des Geschäfts und der Eitelkeit. Die Unterschiede zwischen guter und schlechter Literatur, die ich früher sehr ernst nahm, fallen mir mehr und mehr dahin, und zwischen Ernst Zahn und Thomas Mann, zwischen Ganghofer und Hermann Hesse ist kein nennenswerter Unterschied mehr, auch das Bessere und Beste unserer Zeit ist Schwindel. Überall mangelt die Basis einer Moral und Heiligkeit, eines wahrhaft ernsten Strebens um überpersönliche Werte. Jeder arbeitet, strebt, denkt und politisiert für sich, für seine Person, seinen Ruhm, oder für eine Partei. Statt dessen müßte die Arbeit und die geistige Anstrengung und Erhebung aller gemeinsam in einen Strom münden, der nur der Menschheit gehört, und worin Leistung oder Irrtum des einzelnen alsbald anonym wird, etwa so wie es in den frühen Jahrhunderten der Kirche, bei Kirchenvätern etc. war. Erst dann wieder wird man in Deutschland Worte schreiben, welche vom Schreibenden und vom Lesenden wahrhaft und ernsthaft geglaubt werden, von welchen Freude, Überzeugung, Wahrheit ausgeht, für welche sich sterben läßt.

1 Mitte Okt. 1920 war Hesse an einer Stirnhöhlenentzündung erkrankt, die bis Mitte Nov. eine ärztliche Behandlung in Locarno erforderlich machte.

2 Seit August 1920.

3 Josef Englert (1874-1957), Ingenieur, Freund Hesses, »Jup der Magier« in »Klingsors letzter Sommer«.

4 1919 gründete Hesse gemeinsam mit Prof. Richard Woltereck die literarisch-politische Monatsschrift »Vivos voco«, als deren Herausgeber Hesse bis 1922 zeichnete.

5 Richard von Garbe (1857-1927), Sanskritist.

6 Dieses Gedicht, später von Hesse mit »Media in vita« überschrieben, hatte ursprünglich den Titel »Sansara« (= die sich ewig wiederholende Erneuerung des Daseins mit allen seinen Leiden), entstanden am 15. 2. 1921.

7 Oskar A.H. Schmitz, »Das dionysische Geheimnis«, München 1921.

8 Der erste Teil des Siddhartha-Manuskripts wurde im Juli 1921 von der »Neuen Rundschau« vorabgedruckt.

Einkehr

In meinem Leben ist es jetzt Mittag, ich bin an Vierzig vorbei, und ich spüre, wie sich, seit Jahren vorbereitet, neue Einstellungen, neue Gedanken, neue Auffassungen melden, wie sich das Ganze meines Lebens neu und anders kristallisieren will.

Das hat nie einen Anfang gehabt. Das klang schon voraus und war schon Ahnung und Möglichkeit, als ich noch Kind war, als ich noch nicht Kind war ...

Ich spüre mich wieder leben, ich bin jünger, fühle Zukunft, fühle Kräfte und Wirkungsmöglichkeiten, und das alles war jahrelang fortgewesen. Es ist eine Häutung im Gang, ein ausgewachsenes Kleid will abfallen, und was ich jahrelang für den Schmerz des Sterbenmüssens angesehen habe, will nun Schmerz der Neugeburt bedeuten.

Furchtbar sind die Schmerzen des Sterbenmüssens, ich sehe sie hinter mir wie eine lange, schwarze Schlucht des Grauens, durch die ich gegangen bin. Jahre und Jahre gegangen, allein und hoffnungslos. Noch friert mich tief im Gedanken an sie. Es war eine Hölle, eine kalte und stille Hölle. Es war ein Weg ohne Hoffnung, an dessen Ende nichts stand als Dunkel und Tod – vielleicht ein Ende, hoffentlich ein Ende.

Aber wie es scheint, gibt es für jedes Leid eine Grenze, bis wohin es Leid ist. Dann hat es entweder sein Ende, oder es verwandelt sich, nimmt Lebensfarben an, tut vielleicht noch weh, aber Schmerz ist dann Hoffnung und Leben. So ging es mir mit der Einsamkeit. Ich bin jetzt nicht weniger einsam als in meiner schlechtesten Zeit. Aber Einsamkeit ist ein Trank, der mich weder betäuben noch schmerzen mehr kann, aus diesem Becher habe ich genug getrunken, um gegen sein Gift hart geworden zu sein. Aber es ist ja nicht Gift – das war es nur, das hat sich gewandelt. Alles ist Gift, was wir nicht annehmen, nicht lieben, nicht dankbar schlürfen können. Und alles ist Leben und Wert, was wir lieben, woraus wir Leben saugen können. Wenn ich versuche, über ein Stück meines Lebens Rechenschaft zu geben, so tue ich es nicht in der Meinung, ich könne damit lehren, ich könne Formeln finden und eine Weisheit destillieren. Obwohl ich mein Leben lang, seit den Jünglingsjahren, den Zug zur Philosophie empfand, und eine Bibliothek von Denkern gelesen habe, ist mir doch der Glaube an meine Fähigkeit vergangen, mein Weltbild mitteilbar zu formulieren. Ich bin kein Denker und will auch keiner sein. Ich habe das Denken viele Jahre lang überschätzt, ich habe ihm viel Blut geopfert, ich habe dabei verloren und dabei gewonnen, je nachdem. Aber ich hätte ebensowohl dies alles nicht tun können, und wäre heute bei demselben Ergebnis. Nicht aus dem Denken habe ich gelernt, am wenigsten aus dem Denken der vielen anderen, deren Werke ich studiert habe.

Noch erinnere ich mich wohl der überaus holden Täuschung, die ich erlebte, als ich den ersten Philosophen gelesen und nach manchem Kopfschütteln verstanden hatte. Es war Spinoza, und bei Kant wiederholte sich die schöne Täuschung nochmals. Ich empfand über mein Verstandenhaben, über der Feststellung meiner Fähigkeit, diesen Gedankenbau zu begreifen und die Lebensgesetze seiner Konstruktion mitfühlen zu können – darüber empfand ich eine Befriedigung und ein Wohlsein, das an sich eine schöne Sache war, das ich aber so deutete, als habe ich nun ›die‹ Wahrheit gefunden. Ich meinte, die Welt ein für allemal verstanden zu haben, während ich nichts erlebt hatte als einen der schönen Augenblicke, in denen man im unendlichen

Wirbel der Bilder eine Kristallisation, einen Halt, eine Fixierung in sich fertigbekommt. Die Welt verstehen, hieße ein Leben führen, das ununterbrochen aus lauter solchen seltenen Augenblicken bestünde. Daß die Philosophie nur einer von tausend Wegen war, um solche Augenblicke zu erleben, empfand ich wohl, glaubte es aber lange nicht. In Wirklichkeit war mein Erlebnis bei Kant, bei Schopenhauer, bei Schelling kein anderes als das, was ich auch bei der Matthäuspassion, bei Mantegna, beim Faust gehabt hatte. Heute sehe ich das etwa so: eine Philosophie von überwiegendem Wert gibt es nur für den schöpferischen Philosophen, nicht für seinen Schüler, nicht für seinen Leser, nicht für seinen Kritiker. In seiner Weltschöpfung erlebt der Philosoph das, was jedes Wesen in seinen Augenblicken der Reife und Erfüllung empfindet, die Frau beim Gebären, der Künstler beim Schaffen, der Baum bei den Stationen der Jahreszeit und Lebensalter. Daß der Denker dies Erlebnis *bewußt* erlebe, die andern Wesen ›nur‹ unbewußt, ist ein alter Glaubenssatz, an dem ich schweigend zweifle. Mag er selbst richtig sein (er ist es nicht, denn der Denker erliegt im Erleben seines Werkes hundert Illusionen, und wie oft hängt sich seine Liebe und Eitelkeit gerade an die zweifelhaftesten seiner Funde!) – so bestreitet doch meine Erfahrung diesen überragenden Wert des Bewußtseins. Daß ich den mir wichtigen Kreis der Dinge dauernd im Blickfeld meines Bewußtseins habe, ist nicht entscheidend für den Wert und die Steigerung meines Ichs, sondern nur das, daß ich zwischen dem Bezirk des Bewußtseins und dem Unbewußten gute, leichte, flüssige Beziehungen habe. Wir sind nicht Denkmaschinen, sondern Organismen, und in unsrem Organismus nimmt das Unbewußte eine ähnliche Stelle ein wie der Magen im berühmten Gleichnis des römischen Redners. Für den, der nicht gewillt ist, sich um Worte zu streiten, ist es nicht leicht, das auszudrücken, was ich meine. Aber als Gleichnis scheint mir das Wort ›bewußt‹ und ›unbewußt‹ so wertvoll, daß ich den Versuch doch mache.

Also: stelle dir dein Wesen als einen tiefen See mit kleiner Oberfläche vor. Die Oberfläche ist das Bewußtsein. Dort ist es hell, dort geht das vor sich, was wir denken heißen. Der Teil des Sees aber, der diese Oberfläche bildet, ist ein unendlich kleiner. Er mag der schönste, der interessanteste Teil sein, denn in der Berührung mit Luft und Licht erneuert, verändert, bereichert sich das Wasser. Aber die Wasserteile selbst, die an der Oberfläche sind, wechseln unaufhörlich. Immer steigt es von unten, sinkt von oben, immer geschehen Strömungen, Ausgleichungen, Verschiebungen, jeder Teil Wassers will auch einmal oben sein. – Wie nun der See aus Wasser, so besteht unser Ich, oder unsre Seele (es ist nichts an den Worten gelegen) aus tausend und Millionen Teilen, aus einem stets wachsenden, stets wechselnden Gut von Besitz, von Erinnerungen, von Eindrücken. Was unser Bewußtsein davon sieht, ist die kleine Oberfläche. Den unendlich größeren Teil ihres Inhalts sieht die Seele nicht: reich und gesund nun und zum Glück fähig scheint mir die Seele, in der aus dem großen Dunkel nach dem kleinen Lichtfelde hin ein beständiger, frischer Zuzug und Austausch vor sich geht. Die allermeisten Menschen hegen tausend und tausend Dinge in sich, welche niemals an die helle Oberfläche kommen, welche unten faulen und sich quälen. Darum, weil sie faulen und Qual machen, werden diese Dinge vom Bewußtsein immer und immer wieder zurückgewiesen, sie stehen unter Verdacht und werden gefürchtet. Dies ist der Sinn jeder Moral – was als schädlich erkannt ist, darf nicht nach oben kommen! Es ist aber nichts schädlich und nichts nützlich, alles ist gut, oder alles ist indifferent. Jeder einzelne trägt Dinge in sich, die ihm angehören, die ihm gut und zu eigen sind, die aber nicht nach oben kommen dürfen. Kämen sie nach oben, sagt die Moral, so gäbe es ein Unglück. Es gäbe aber vielleicht gerade ein Glück! Darum soll alles nach oben kommen, und der Mensch, der sich einer Moral unterwirft, verarmt.

Das, was ich in den letzten Jahren erlebt habe, erscheint mir im Bild dieses Gleichnisses so, als sei ich ein See gewesen, dessen Tiefenschicht abgeschlossen lag, woraus Qual und Todesnähe entstand. Nun aber fließt wieder Oben und Unten reger ineinander, vielleicht noch mangelhaft, vielleicht noch lange nicht rege genug – aber immerhin, es fließt.

Alle Tode

Alle Tode bin ich schon gestorben,
Alle Tode will ich wieder sterben,
Sterben den hölzernen Tod im Baum,
Sterben den steinernen Tod im Berg,
Irdenen Tod im Sand,
Blätternen Tod im knisternden Sommergras
Und den armen, blutigen Menschentod.

Blume will ich wieder geboren werden,
Baum und Gras will ich wieder geboren werden,
Fisch und Hirsch, Vogel und Schmetterling.
Und aus jeder Gestalt
Wird mich Sehnsucht reißen die Stufen
Zu den letzten Leiden,
Zu den Leiden des Menschen hinan.

O zitternd gespannter Bogen,
Wenn der Sehnsucht rasende Faust
Beide Pole des Lebens
Zueinander zu biegen verlangt!
Oft noch und oftmals wieder
Wirst du mich jagen von Tod zu Geburt
Der Gestaltungen schmerzvolle Bahn,
Der Gestaltungen herrliche Bahn.

»Ein verdächtiges Plus an Sensibilität«

Es war die Stunde, zu der ich beim Doktor angemeldet war ...

Nachträglich kann ich ja gestehen, daß mir vor diesem Besuch etwas bange war, nicht weil ich eine niederschmetternde Diagnose befürchtet hätte, sondern weil die Ärzte für mein Gefühl mit zur geistigen Hierarchie gehören, weil ich dem Arzt einen hohen Rang zubillige und weil ich bei ihm eine Enttäuschung schwer ertrage, die ich bei einem Eisenbahn- oder Bankbeamten, auch noch bei einem Advokaten leicht hinnehme. Ich erwarte, ich weiß selbst nicht genau warum, vom Arzt einen Rest jenes Humanismus, zu welchem die Kenntnis des Latein und des Griechischen und eine gewisse philosophische Vorschule gehören und der in den meisten Berufen des heutigen Lebens nicht mehr benötigt wird. In dieser Hinsicht bin ich, sonst voll Freude am Neuen und Revolutionären, überaus rückständig, ich verlange von den höher gebildeten Ständen einen gewissen Idealismus, eine gewisse Bereitschaft zu Verständnis und Auseinandersetzung, ganz unabhängig vom materiellen Vorteil, kurz ein Stück Humanismus, obwohl ich weiß, daß dieser Humanismus in Wirklichkeit nicht mehr existiert und daß auch seine Gebärde bald nur noch in Wachsfigurenkabinetten anzutreffen sein wird.

Nach kurzem Warten wurde ich hineingeführt, ein sehr schöner, geschmackvoll eingerichteter Raum gewann sogleich mein Vertrauen. Der Arzt, der erst noch in einem Nebenraume in der üblichen Weise mit Wasser geplätschert hatte, trat herein, ein intelligentes Gesicht versprach Verständnis, und wir begrüßten einander, wie es gesitteten Boxern ziemt, vor dem Wettkampf mit herzlichem Händedruck. Vorsichtig begannen wir den Kampf, tasteten einander ab, probierten zögernd die ersten Schläge. Noch waren wir auf neutralem Gebiet, unser Disput ging um Stoffwechsel, Ernährung, Alter, frühere Krankheiten und troff von Harmlosigkeit, nur bei einzelnen Worten kreuzten sich unsere Blicke, klar zum Gefecht. Der Arzt hatte einige Ausdrücke aus der medizinischen Geheimsprache auf seiner Palette, die ich nur annähernd entziffern konnte, die aber seinen Kundgebungen ornamental sehr zustatten kamen und seine Position mir gegenüber spürbar stärkten. Immerhin war mir schon nach einigen Minuten klar, daß bei diesem Arzte nicht jene grausame Enttäuschung zu fürchten war, welche Menschen von meiner Art gerade bei Ärzten peinlich ist: daß man hinter einer gewinnenden Fassade von Intelligenz und Schulung auf eine starre Dogmatik stößt, deren erster Satz postuliert, daß Anschauungsweise, Denkart und Terminologie des Patienten rein subjektive Phänomene, die des Arztes hingegen streng objektive Werte seien. Nein, hier hatte ich es mit einem Arzt zu tun, um dessen Verständnis zu kämpfen einen Sinn hatte, der nicht nur der Vorschrift gemäß intelligent, sondern bis zu einem zunächst noch nicht bestimmbaren Grade wissend war, also im Besitz eines lebendigen Gefühls für die Relativität aller geistigen Werte. Unter gebildeten und gescheiten Menschen passiert es ja in jedem Augenblick, daß jeder die Mentalität und Sprache, die Dogmatik und Mythologie des andern als eine subjektive, als bloßen Versuch, bloßes flüchtiges Gleichnis erkennt. Daß aber jeder diese selbe Erkenntnis auch an sich selber mache und auf sich selber anwende und jeder sich selbst sowohl wie dem Gegner das Recht auf seine von innen her bestimmte und notwendige Art, Denkweise und Sprache, zugestehe, daß also zwei Menschen miteinander Gedanken austauschen und sich dabei beständig der Gebrechlichkeit ihrer Werkzeuge, der Vieldeutigkeit aller Worte, der Unmöglichkeit eines wahrhaft exakten Ausdrucks, also auch der Notwendigkeit eines intensiven Sichgebens, einer gegenseitigen herzlichen Bereitwilligkeit und intellektuellen Ritterlichkeit bewußt bleiben – diese hübsche, zwischen denkenden Wesen eigentlich selbstverständliche Situation kommt ja praktisch so kläglich selten vor, daß wir jede Annäherung an sie, jede auch nur teilweise Verwirklichung innig begrüßen. Hier nun, diesem Spezialisten für Stoffwechselerkrankungen gegenüber, blitzte etwas wie die Möglichkeit solchen Verständnisses und Austausches auf.

Die Untersuchung, Blutprobe und Röntgen vorbehalten, brachte tröstliche Ergebnisse. Herz normal, Atmung ausgezeichnet, Blutdruck sehr anständig, dagegen fanden sich die unverkennbaren Merkmale einer Ischias, einzelne gichtische Ansätze und ein etwas tadelnswerter Zustand der ganzen Muskulatur. Eine kleine Pause trat in unsrer Unterhaltung ein, während der Doktor sich wieder die Hände wusch.

Wie erwartet, trat in diesem Augenblick die Wende ein, das neutrale Gebiet wurde verlassen, mein Partner ging zur

Offensive über, mit der vorsichtig akzentuierten, mit scheinbarer Nachlässigkeit hingelegten Frage: »Glauben Sie nicht, daß Ihre Leiden zum Teil auch psychisch mitbestimmt sein könnten?« Also da standen wir nun, das Erwartete, Vorausgewußte war eingetroffen. Der objektive Befund rechtfertigte nicht ganz den von mir gemachten Aufwand an Leiden, es war ein verdächtiges Plus an Sensibilität da, meine subjektive Reaktion auf die Gichtschmerzen entsprach nicht dem vorgesehenen Normalmaße, ich war als Neurotiker erkannt. Also wohlauf, in den Kampf! Ebenfalls vorsichtig, ebenfalls wie beiläufig erklärte ich, daß ich nicht an »psychisch mitbestimmte« Leiden und Zustände glaube, daß in meiner persönlichen Biologie und Mythologie das »Psychische« nicht eine Art von Nebenfaktor neben der Physis sei, sondern die primäre Macht, daß ich also jeden Lebenszustand, jedes Gefühl von Lust und Leid, auch jede Krankheit, jeden Unglücksfall und Tod als psychogen, als aus der Seele geboren ansehe. Wenn ich an den Fingergelenken Gichtknoten ansetze, so ist es meine Seele, ist es das ehrwürdige Lebensprinzip, das Es in mir, das im plastischen Material sich zum Ausdruck bringt. Wenn die Seele leidet, so kann sie das sehr verschieden ausdrücken, und was sich bei dem einen als Harnsäure gestaltet und den Abbau seines Ichs vorbereitet, das kann bei einem andern als Trunksucht dieselben Dienste tun, bei einem dritten sich zu einem Stück Blei verdichten, das plötzlich in seine Hirnschale einbricht. Dabei gab ich zu, daß die Aufgabe und Möglichkeit des helfenden Arztes sich wohl in den meisten Fällen damit begnügen müsse, die materiellen, also sekundären Veränderungen aufzusuchen und sie mit ebenfalls materiellen Mitteln zu bekämpfen.

Auch jetzt noch rechnete ich durchaus mit der Möglichkeit, vom Doktor sitzen gelassen zu werden. Er würde zwar nicht geradezu sagen: »Sehr Geehrter, was Sie da reden, ist Blödsinn«, aber er würde vielleicht mit einem um einen Grad zu nachsichtigen Lächeln mir zustimmen, ein banales Wort über den Einfluß der Stimmungen, zumal auf eine Künstlerseele, sprechen und würde außer diesen Posthaltern vielleicht auch noch gar das fatale Wort »Imponderabilien« hervorholen. Dies Wort ist ein Probierstein, eine zarte Waage für geistige Maße, welche der Durchschnitts-Wissenschaftler schon »imponderabel« nennt. Er braucht nämlich dies bequeme Wort stets da, wo es sich um das Messen und Beschreiben von Lebensäußerungen handelt, für welche nicht nur die vorhandenen materiellen Meßapparate zu grob, sondern auch die Gewilltheit und Fähigkeit des Sprechenden zu klein ist. Der Naturwissenschaftler weiß ja meistens wenig, er weiß unter andrem nicht, daß es gerade für die flüchtigen, beweglichen Werte, die er imponderabel nennt, außerhalb der Naturwissenschaft alte, hochkultivierte Meß- und Ausdrucksmethoden gibt, daß sowohl Thomas von Aquin wie Mozart, jeder in seiner Sprache, gar nichts anderes getan haben, als sogenannte Imponderabilien mit einer unerhörten Präzision zu wägen. Konnte ich von einem Badearzt, sei er auch auf seinem Gebiete ein Phönix, dies zarte Wissen erwarten? Ich tat es aber doch, und siehe, ich wurde nicht enttäuscht. Ich wurde verstanden. Der Mann erkannte, daß ihm in mir nicht eine fremde Dogmatik entgegentrete, sondern ein Spiel, eine Kunst, eine Musik, bei welcher es kein Rechthaben und Streiten mehr gebe, nur ein Mitschwingen oder Versagen. Und er versagte nicht, ich wurde verstanden und anerkannt, anerkannt nicht als Rechthabender natürlich, der ich ja nicht bin noch sein will, aber als Suchender, als Denkender, als Antipode, als Kollege von einer anderen, weit entlegenen, aber ebenfalls vollgültigen Fakultät.

Und jetzt stieg meine gute Laune, gehoben schon durch die für Blutdruck und Atmung erhaltene Zensur, bis in die höheren Grade. Mochte es nun mit dem Regenwetter, mit der Ischias, mit der Kur gehen wie es mochte, ich war nicht den Barbaren ausgeliefert, ich stand einem Menschen, einem Kollegen, einem Manne von elastischer und differenzierter Mentalität gegenüber! Nicht, daß ich darauf gerechnet hätte, häufig und lang mit ihm zu sprechen, Probleme mit ihm durchzusieben. Nein, dies war nicht nötig, wenn auch als angenehme Möglichkeit zu werten; es genügte, daß der Mann, dem ich für einige Zeit Gewalt über mich einräumte und Vertrauen schenken mußte, in meinen Augen das menschliche Reifezeugnis besaß. Mochte der Doktor mich heute noch für einen zwar geistig regsamen, doch leider etwas neurotischen Patienten ansehen, möglicherweise kam einmal die Stunde, wo er auch die oberen Stockwerke meines Gebäudes öffnen würde, wo mein eigentlicher Glaube, meine eigenste Philosophie mit der seinen in Spiel und Wettkampf treten würde. Auch meine Theorie des Neurotikers, fußend auf Nietzsche und Hamsun, würde dabei vielleicht einen Schritt weiterkommen. Aber einerlei, daran war nicht viel gelegen. Der neurotische Charakter nicht als Krankheit, sondern als ein zwar schmerzhafter, doch höchst positiver Sublimierungsprozeß gesehen – das war ein hübscher Gedanke. Es war jedoch wichtiger, ihn zu leben, als ihn zu formulieren.

Pfeifen

Klavier und Geige, die ich wahrlich schätze,
Ich konnte mich mit ihnen kaum befassen;
Mir hat bis jetzt des Lebens rasche Hetze
Nur zu der Kunst des Pfeifens Zeit gelassen.

Zwar darf ich mich noch keinen Meister nennen,
Lang ist die Kunst und kurz ist unser Leben.
Doch alle, die des Pfeifens Kunst nicht kennen,
Bedaure ich. Mir hat sie viel gegeben.

Drum hab ich längst mir innigst vorgenommen,
In dieser Kunst von Grad zu Grad zu reifen,
Und hoffe endlich noch dahin zu kommen,
Auf mich, auf euch, auf alle Welt zu pfeifen.

Es ist das Schicksal mancher Menschen, daß sie das Leben im ganzen als Leid und Schmerz empfinden, nicht bloß in der Idee, in irgendeinem literarisch-ästhetischen Pessimismus, sondern körperlich und wirklich. Diese Menschen, zu denen ich leider zähle, haben mehr Talent zum Empfinden von Schmerzen als zum Empfinden von Lust, das Atmen und Schlafen, Essen und Verdauen und alle einfachsten animalischen Verrichtungen machen ihnen eher Schmerz und Mühe als Vergnügen. Da sie nun aber trotzdem, einem Willen der Natur folgend, den Trieb in sich fühlen, das Leben zu bejahen, die Schmerzen gut zu finden, die Flinte nicht ins Korn zu werfen, sind diese Menschen ungewöhnlich versessen auf alles, was ein wenig Freude machen, ein wenig erheitern, ein wenig beglücken und wärmen kann, und legen all diesen hübschen Dingen einen Wert bei, den sie für gewöhnliche, gesunde, normale und arbeitstüchtige Menschen nicht haben. Die Natur bringt auf diesem Wege sogar etwas höchst Schönes und Kompliziertes zuwege, wovor fast alle Menschen einen gewissen Respekt haben: den Humor. In jenen leidenden Menschen nämlich, in jenen allzu weichen, allzu wenig smarten, allzu vergnügungssüchtigen, auf Trost erpichten Menschen entsteht gelegentlich das, was man Humor nennt, ein Kristall, der nur in tiefen und dauernden Schmerzen wächst und der immerhin zu den besseren Erzeugnissen der Menschheit gehört. Dieser Humor, von Leidenden dazu erfunden, damit sie das mühsame Leben dennoch ertragen und sogar lobpreisen können, wirkt nun auf jene anderen, Gesunden, nicht Leidenden drolligerweise stets wie das Gegenteil, wie der Ausbruch einer ganz unbändigen Lebenslust und Lustigkeit, die Gesunden klatschen sich dabei auf die Schenkel und wiehern und sind dann immer verdutzt und ein wenig beleidigt, wenn sie von Zeit zu Zeit Nachrichten lesen wie diese, daß der sehr beliebte und erfolgreiche Komiker X. sich unbegreiflicherweise in einem Anfall von Schwermut ertränkt habe.

Die Humoristen haben, sie mögen schreiben, was immer sie wollen, alle ihre Überschriften und Themata stets nur zum Vorwand, in Wahrheit haben sie alle und immer nur ein einziges Thema: die wunderliche Traurigkeit und, man erlaube den Ausdruck, Beschissenheit des Menschenlebens und das Staunen darüber, daß dies jämmerliche Leben trotzdem so schön und köstlich sein kann.

Ausflug in die Stadt

Wenn ein Einsiedler nach langen Jahren seine Klause verläßt und sich in eine Stadt und in die Nähe der Menschen begibt, dann hat er meistens für sein Tun vortreffliche Gründe anzuführen, das Ergebnis dagegen ist meistens ein lächerliches. Der Eremit soll Eremit bleiben wie der Schuster Schuster. Daß das Eremitentum kein Beruf sei oder ein minderwertiger, ebenso wie das Betteln, ist eine europäische Mode-Meinung, welche niemand ernst nehmen wird. Einsiedler ist ein Beruf, ebenso wie Schuster, ebenso wie Bettler, ebenso wie Räuber, ebenso wie Krieger, es ist ein viel älterer, wichtigerer, heiligerer Beruf als etwa solche Pseudo-Berufe wie Gerichtsvollzieher, Professor der Ästhetik und dergleichen. Und wenn ein Mensch aus seinem Beruf, aus seiner Maske und Rolle herausfällt, so mag er dies aus den begreiflichsten und liebenswürdigsten Gründen tun, es kommt doch gewöhnlich nur eine Dummheit dabei heraus.

So ging es auch mir, als ich, mit mir und meinem Leben unzufrieden, meine Klause am Berge hinter mir abschloß und für eine Weile unter die Menschen und in die Stadt ging. Ich tat es aus Neugierde und aus Lust nach neuen Erlebnissen und Beziehungen, ich tat es in der schwachen Hoffnung, vielleicht wieder ein wenig Freude, Spaß und Zufriedenheit zu erleben, nachdem ich lange nur Überdruß und Schmerz gekostet hatte. Ich hatte die Hoffnung, es möchte mir vielleicht glücken, mich wieder an anderen Menschen zu messen, die Menschen und mich selbst wieder ernst nehmen zu können. Ich war gewillt, die Stadt, die Menge, die Öffentlichkeit, die Kunst, den Handel, kurz – alle Zauber dieser Welt, auf mich wirken zu lassen, mich von der Schwere und eingebildeten Weisheit des Einsiedlers und Denkers zu befreien, wieder Mensch, wieder Kind zu werden, wieder an den Sinn und die Schönheit des Menschenlebens glauben zu können. Ein Mensch von meiner Art, der im Grunde an den Wert des Menschenlebens nicht glauben kann, dem aber auch die gewohnten Auswege der Naiven, in den Selbstmord und in den Wahnsinn, verbaut und unmöglich sind, der also eigens von der Natur dazu erfunden zu sein scheint, sich und den anderen an seinem Beispiel die Unsinnigkeit und Aussichtslosigkeit dessen zu erweisen, – was die Natur unternahm, als sie sich auf das Experiment ›Mensch‹ einließ, ein solcher Mensch hat natürlich ein etwas schwieriges Leben und fühlt daher von Zeit zu Zeit das Bedürfnis, ein andres Register zu ziehen und dies oder jenes an seinem Leben zu verändern, damit es vielleicht etwas erträglicher und hübscher werde.

So war ich also mit meinem Koffer in eine Stadt gereist und hatte mir dort, mitten zwischen den Menschen, ein Zimmer genommen. Es war nicht leicht, sich an das Leben hier zu gewöhnen. Zu erstaunlichen, unglaublichen Tageszeiten standen diese Leute in der Frühe auf, kamen in der Nacht nach Hause, spielten Klavier und Violine, nahmen Bäder, liefen auf und ab. Die meisten waren Geschäftsleute oder Angestellte von solchen, und alle hatten ganz irrsinnig viel zu tun. Die einen nämlich hatten in der Tat viel Arbeit, weil ihre Geschäfte schlecht gingen, waren überanstrengt durch die Bemühungen um deren Verbesserung. Überanstrengt waren sie alle, und beinahe alle fabrizierten Dinge oder trieben Handel mit Dingen, welche der Mensch zum Leben nicht braucht und welche lediglich erfunden wurden, um dem Hersteller und dem Händler Geld einzubringen. Ich versuchte manchen dieser Gegenstände aus Neugierde. Da ich in dem Lärm und Getriebe wenig schlafen konnte, tagsüber aber oft müde war und Langeweile hatte, kaufte ich von einem dieser Händler ein Schlafmittel, von einem andern einige Bücher, deren Zweck es war, den Leser angenehm zu unterhalten. Aber das Schlafmittel, statt mich schlafen zu machen, machte mich aufgeregt und nervös, und die Bücher, statt mich zu unterhalten, machten mich am hellen Tag einschlafen. Und so war es im Grunde mit allem. Es wurde da ein Spiel getrieben, das allen Mitspielern, Händlern wie Käufern, sichtlich großen Spaß machte, welches aber ernst zu nehmen niemand einfiel. Es war die Zeit vor einem großen jährlichen Feste, das den Sinn hat, einesteils die Industrie zu fördern und einige Wochen lang den Handel zu beleben, andererseits aber durch das Ausstellen von abgesägten jungen Bäumen in allen städtischen Wohnungen eine Art von Erinnerung an die Natur und den Wald zu erwecken und die Freuden des Familienlebens zu feiern. Auch dies war ein Spiel und Übereinkommen, das ich bald durchschaute. Weder gab es jemand, dem die Erinnerung an Natur und Wald ein Bedürfnis gewesen oder der doch so töricht gewesen wäre, diese Zimmertannen für ein geeignetes Mittel zur Pflege der Naturfreude zu halten, noch auch wurde Familie, Ehe und Kindersegen von der Mehrzahl des Volkes sehr verehrt, sondern nahezu allgemein als eine Last empfunden. Aber das Fest beschäftigte vier Wochen lang Millionen von Angestellten und machte zwei Tage lang der gesamten Bevölkerung sichtlichen Spaß. Sogar mir, dem Fremden, bot man süßes Backwerk an und wünschte frohe Feiertage, und einige Stunden lang wurden in Häusern, denen dies recht ungewohnt war, Orgien von Familienglück begangen.

In dieser Zeit sah übrigens die Stadt reizend aus. In den breiten Geschäftsstraßen strahlte Tag und Nacht Haus an Haus und Fenster an Fenster von Lichtüberfluß, von ausgestellten Waren, von Blumen, von Spielzeug, und es schien das ganze so schwere und ernste Arbeitsleben all der Millionen in der Tat ein witziges und gut ausgedachtes Unterhaltungsspiel zu sein. Störend freilich für den Fremdling war die Sitte der Gastwirte, auch an jenen Stätten der Betäubung, wo man Natur, Familie, Geschäft und alles für Stunden zu vergessen und in wohlschmeckenden Getränken wegzuspülen sucht – auch an diesen stillen Trink- und Rauchstätten Lichterbäume mit oder ohne Musik aufzustellen, welche hier noch mehr als in den Privathäusern einen Glanz und eine Sentimentalität ausstrahlten, in welcher das Atmen schwer wurde.

Eines Abends, noch ehe die Festtage begonnen hatten, saß ich bei einer Eierspeise und einem halben Liter Rotwein leidlich zufrieden in einem Wirtshause, da fiel mir die Ankündigung einer Zeitung ins Auge, die mich sofort fesselte. Es war da ein Hermann-Hesse-Abend von einem literarischen Verein veranstaltet, dessen Besuch sehr empfohlen wurde. Schleunigst ging ich hin, fand das Haus und den Saal und an der Saaltüre einen Kassierer, den fragte ich, ob Herr Hesse selber auftrete. Er verneinte und suchte sich zu entschuldigen, aber ich beruhigte ihn mit der Bemerkung, daß ich nicht den mindesten Wert auf die Mitwirkung dieses Herrn lege. Ich bezahlte eine Mark und bekam ein Programm, und nachdem ich eine Weile gesessen und gewartet hatte, ging die Veranstaltung los. Da hörte ich eine Reihe von Dichtungen, die ich in meinen jüngeren Jahren geschrieben hatte. Ich hatte damals, als ich sie schrieb, noch die Neigungen und Ideale der Jugend, und es war mir mehr um Schwärmen und Idealismus zu tun als um Aufrichtigkeit; ich sah darum das Leben vorwiegend hell und bejahenswert, während ich es heute weder liebe noch verneine, sondern eben hinnehme.

Es war mir daher merkwürdig, in diesen Dichtungen meine eigene Stimme aus der Jugendzeit her reden zu hören. Die Dichtungen waren zum Teil durch Komponisten in Musik gesetzt und wurden von hübsch gekleideten Damen vorgesungen, teils auch wurden sie deklamiert oder vorgelesen, und ich konnte zusehen, wie derjenige Teil der Zuhörerschaft, der jugendlich und sentimental fühlte, die Darbietungen einschluckte und dazu empfindsam lächelte, während ein anderer, kühlerer Teil der Hörer, zu dem auch ich zählte, unbewegt blieb und entweder ein wenig mißachtend lächelte oder einschlief. Und mitten in alldem Beobachten und in der Verwunderung über die hübsche Seichtigkeit dieser Dichtungen, die mir doch einst so wichtig und heilig gewesen waren, konnte ich in mir trotz allem ein gutes Stück Eitelkeit beobachten, denn ich war jedesmal enttäuscht und etwas verletzt, wenn Sängerin oder Vorleser, wie dies ja üblich ist, einzelne Worte in den Gedichten ausließen oder durch andere ersetzten. Indessen bekam diese ganze Abendunterhaltung mir nicht gut, ich konnte den Schluß nicht abwarten, weil ein trockenes und bitteres Gefühl in Kehle und Magen mich von dannen trieb, das ich dann mit Cognac und Wasser stundenlang vergeblich zu vertreiben suchte. Auch bei dieser literarischen Abendunterhaltung, wo ich doch gewissermaßen als Sachverständiger und Fachmann gelten konnte, bemerkte ich wieder diese Isolierung, die mich zum Eremiten bestimmt und welche darin besteht, daß ich in mir ein unergründliches Verlangen trage, das Menschenleben ernst nehmen zu können, während alle anderen es nach einer geheimen, mir unbekannten Spielregel als ein amüsantes Gesellschaftsspiel betrachten und vergnügt mitspielen.

Während nun alles, was ich sah und erlebte, mich nur weiter in diese Verlegenheit hineintrieb und das richtige Mitspielen mir nirgends gelingen wollte, kam inzwischen doch einmal auch ein Erlebnis, das mich nicht lächerlich machte, sondern bestätigte und stärkte. Ich mußte einen Freund beerdigen helfen, der plötzlich gestorben und keineswegs ein Einsiedler, sondern ein vergnügter und geselliger Mensch gewesen war. Als ich diesem Toten nun zum Abschied in das still gewordene Gesicht blickte, konnte ich darin weder Mißmut noch Schmerz darüber lesen, daß er aus dem hübschen Spiel des Lebens herausgerissen war, sondern nur ein tiefes Einverstandensein, eine Art von Genugtuung darüber, daß es ihm nun endlich geglückt und vergönnt war, das rätselhafte Menschenleben nicht mehr als ein Spiel hinter sich zu bringen, sondern es im tiefsten Grunde ernst zu nehmen. Dies Totengesicht sagte mir viel, und es machte mich nicht traurig, sondern froh.

Und so bummle ich weiter durch die Straßen, sehe mir die hübschen Frauen und die eiligen verärgerten Männer an, die alle ihr etwas verlegenes und gekünsteltes Festfreude-Gesicht inzwischen wieder abgelegt haben, und habe manchmal mein Leid, manchmal meinen Spaß an diesem Theater, hinter dessen geheime Spielregeln ich am Ende doch noch zu kommen hoffe.

Psychologie

Der Hummer liebte die Languste,
Was aber unerwidert blieb,
Die Liebe sank ins Unbewußte
Und wurde dort zum Todestrieb.

Ein Psychologe untersuchte
Den Fall und fand ihn gar nicht klar,
Der Hummer lief davon und fluchte,
Er fand zu hoch das Honorar.

Der Psychologe nun verübelte
Ihm dies Verhalten, wenn auch stumm,
Doch sein gescheites Köpfchen grübelte
Noch länger an dem Fall herum.

Auch ohne Arzt genas der Hummer
Und fand ein andres Liebesglück,
Der Arzt führt aber seinen Kummer
Auf seinen Geldkomplex zurück.

Es ist nicht zu glauben, wie schnell man das Schlechte und Dumme lernen kann, wie leicht es ist, ein Hund von Faulenzer, ein Schwein von fettem Genießer zu werden! ... Mit der körperlichen Verwöhnung und Trägheit geht die geistige Hand in Hand ...

Nein, mit dieser Welt zu paktieren, ihr anzugehören, in ihr Geltung zu haben und mich wohl zu fühlen – ich spüre es in diesem Augenblick mit jeder Faser meines Wesens –, das ist nichts für mich, das ist mir verboten, das ist Sünde gegen alles Gute und Heilige, wovon ich weiß und woran teilzuhaben mein Glück ist. Und nur darum, nur weil ich zur Zeit diese Sünde begehe, weil ich mit dieser Welt paktiert und sie angenommen habe, ist mir jetzt so sterbensschlecht zumute! Und dennoch verharre ich dabei, die Trägheit ist stärker als meine Einsicht, der fette, faule Bauch stärker als die schüchtern klagende Seele ...

Mir ... schiene für sehr viele schwer seelenkranke Menschen der rasche Verlust ihres Vermögens und die Erschütterung ihres Glaubens an die Heiligkeit des Geldes durchaus kein Unglück, sondern die sicherste, ja einzig mögliche Rettung zu bedeuten, und ebenso scheint mir inmitten unsres heutigen Lebens, im Gegensatz zum alleinigen Kultus der Arbeit und des Geldes, der Sinn für das Spiel des Augenblicks, das Offenstehen für den Zufall, das Vertrauen in die Launen des Schicksals etwas durchaus Wünschenswertes, woran wir alle sehr Mangel leiden.

Sterbelied des Dichters

Bald geh ich heim,
Bald geh ich aus dem Leim,
Und meine Knochen fallen
Zu den andern allen,
Der berühmte Hesse ist verschwunden,
Bloß der Verleger lebt noch von seinen Kunden.

Dann komm ich wieder auf die Welt,
Ein Knäblein, das allen wohlgefällt,
Sogar alte Leute schmunzeln
Aus wohlwollenden Runzeln.
Ich aber saufe und fresse,
Heiße nicht mehr Hesse,
Liege bei den jungen Weibern,
Reibe meinen Leib an ihren Leibern,
Kriege sie satt und drücke ihnen die Gurgel zu,
Dann kommt der Henker und bringt auch mich zur Ruh.

Dann kann ich wieder auf Erden
Von einer Mutter geboren werden
Und Bücher schreiben oder Weiber begatten.
Ich bleibe aber lieber im Schatten,
Bleibe im Nichts und ungeboren
Und ungeschoren, im Jenseits verloren,
Da kann man über alle diese Sachen
Lachen, lachen, lachen, lachen.

»Das Unmögliche neu probieren!«

Es ist eine alte Erfahrung, daß wir die Probleme, die uns im Innern jeweils beschäftigen, immer wie durch einen Zauber auch in der Außenwelt antreffen. Wer in seiner Seele den Plan erwägt, sich ein Haus zu bauen, oder die Notwendigkeit, seine Ehe zu scheiden oder sich operieren zu lassen, der trifft bekanntlich das gleiche Problem und Menschen, die vom selben Problem besessen sind, stets auch auffallend häufig in seiner Umgebung an. Ich habe die gleiche Erfahrung auch mit meiner Lektüre gemacht, nämlich, daß mir in Zeiten, in denen irgendein Lebensproblem mich tief in Anspruch nimmt, mir auch von allen Seiten her Bücher ungesucht in die Hände fallen, in denen eben jenes Problem eine Rolle spielt.

So sind mir in letzter Zeit, während ich zu jeder Stunde mit neuer Intensität mit einem der Hauptprobleme im Kampf lag, hintereinander mehrere Bücher begegnet, in welchen, wie mir schien, eben dieses Problem behandelt wurde. Ich meine das Problem des Menschen und seiner Kultur überhaupt, die alte böse Frage, ob wirklich der Mensch eine Höchstleistung der Natur darstelle, ob seine Kultur etwas anderes sei als eine arge Versündigung an der Mutter Natur, und ob er nicht vielleicht am Ende nur ein gefährliches, kostspieliges und mißglücktes Experiment sei. Denn wir sehen, daß keine Zivilisation möglich ist ohne Vergewaltigung der Natur, daß der zivilisierte Mensch allmählich die ganze Erde in eine langweilige und blutlose Anstalt aus Zement und Blech verwandelt, daß jeder noch so gute und idealistische Anlauf unweigerlich zu Gewalt, zu Krieg und Schmerzen führt, daß der Durchschnittsmensch das Leben ohne die Hilfe des Genies nicht aushalten würde und dennoch der geschworene Todfeind des Genies ist und immer sein muß, und wie diese fatalen Zwangsläufigkeiten alle heißen.

Da bekam ich zum Beispiel ein Buch zugesandt, ein merkwürdiges und traurig machendes Buch, das die Tochter Tolstois zusammengestellt hat und das in deutscher Ausgabe von Fülöp Müller bei Cassirer erschienen ist. Dies Buch enthält die Dokumente über Tolstois Flucht und Ende. Es ist nicht gut, die Intimitäten großer Männer kennen zu lernen; und den alten Tolstoi (der ja nicht ein broschürenschreibender Moralist, sondern auch ein großer Dichter war) in dieser elenden Atmosphäre von Hysterie, altem Eheunglück und Mißtrauen dahinleben zu sehen, bis er endlich verzweifelt davonläuft, um zwanzig Jahre zu spät, und davonreist, um beinahe wie ein Selbstmörder zu sterben, das hat etwas Schauerliches. Es ist das Genie, das untergehen muß, und seine brave, tüchtige Frau ist die ideale, bürgerliche Gattin, die Vertreterin alles Gesunden, Vernünftigen und Erlaubten, welche, obwohl selber schwer seelenkrank geworden, am Ende den närrischen Mann besiegen und überleben muß. Die alte Tragödie! ...

So liest man dies und jenes, und kämpft sich eine Weile

durch die Welt der ewigen Probleme, deren jedes nie zu lösen, nur zu erleben ist, und am Ende wirft uns das Leben immer wieder an eine Stelle, wo wir das scheinbar Unmögliche neu probieren, das scheinbar Hoffnungslose mit neuer Begierde, mit neuem Eifer betreiben können. Und bei dem alten, scheinbar wirklich so hoffnungslosen Spiel gibt es für den Denkenden immer den einen Trost, daß alles Zeitliche überwindbar ist, daß Zeit eine Illusion ist, daß alle Zustände, alle Ideale, alle Epochen des Lebens nicht nach dem Schulschema hintereinander verlaufen und kausal aneinander gebunden sind, sondern außerdem auch eine ewige, außerzeitliche Existenz haben, daß also das Reich Gottes, oder jedes andere scheinbar in selige Zeitfernen projizierte Menschenideal in jedem Augenblick Erlebnis und Wirklichkeit werden kann.

Irgendwo

Durch des Lebens Wüste irr ich glühend
Und erstöhne unter meiner Last,
Aber irgendwo, vergessen fast,
Weiß ich schattige Gärten kühl und blühend.

Aber irgendwo in Traumesferne
Weiß ich warten eine Ruhestatt,
Wo die Seele wieder Heimat hat,
Weiß ich Schlummer warten, Nacht und Sterne.

Aus dem »Tractat vom Steppenwolf«

Nur für Verrückte

Es war einmal einer namens Harry, genannt der Steppenwolf. Er ging auf zwei Beinen, trug Kleider und war ein Mensch, aber eigentlich war er doch eben ein Steppenwolf. Er hatte vieles von dem gelernt, was Menschen mit gutem Verstande lernen können, und war ein ziemlich kluger Mann. Was er aber nicht gelernt hatte, war dies: mit sich und seinem Leben zufrieden zu sein. Dies konnte er nicht, er war ein unzufriedener Mensch. Das kam wahrscheinlich daher, daß er im Grunde seines Herzens jederzeit wußte (oder zu wissen glaubte), daß er eigentlich gar kein Mensch, sondern ein Wolf aus der Steppe sei. Es mögen sich kluge Menschen darüber streiten, ob er nun wirklich ein Wolf war, ob er einmal, vielleicht schon vor seiner Geburt, aus einem Wolf in einen Menschen verzaubert worden war oder ob er als Mensch geboren, aber mit der Seele eines Steppenwolfes begabt und von ihr besessen war oder aber ob dieser Glaube, daß er eigentlich ein Wolf sei, bloß eine Einbildung oder Krankheit von ihm war. Zum Beispiel wäre es ja möglich, daß dieser Mensch etwa in seiner Kindheit wild und unbändig und unordentlich war, daß seine Erzieher versucht hatten, die Bestie in ihm totzukriegen, und ihm gerade dadurch die Einbildung und den Glauben schufen, daß er in der Tat eigentlich eine Bestie sei, nur mit einem dünnen Überzug von Erziehung und Menschentum darüber. Man könnte hierüber lang und unterhaltend sprechen und sogar Bücher darüber schreiben; dem Steppenwolf aber wäre damit nicht gedient, denn für ihn war es ganz einerlei, ob der Wolf in ihn hineingehext oder -geprügelt oder aber nur eine Einbildung seiner Seele sei. Was andre darüber denken mochten und auch was er selbst darüber denken mochte, das war für ihn nichts wert, das holte den Wolf doch nicht aus ihm heraus.

Der Steppenwolf hatte also zwei Naturen, eine menschliche und eine wölfische, dies war sein Schicksal, und es mag wohl sein, daß dies Schicksal kein so besonderes und seltenes war. Es sollen schon viele Menschen gesehen worden sein, welche viel vom Hund oder vom Fuchs, vom Fisch oder von der Schlange in sich hatten, ohne daß sie darum besondre Schwierigkeiten gehabt hätten. Bei diesen Menschen lebte eben der Mensch und der Fuchs, der Mensch und der Fisch nebeneinander her, und keiner tat dem andern weh, einer half sogar dem andern, und in manchem Manne, der es weit gebracht hat und beneidet wird, war es mehr der Fuchs oder Affe als der Mensch, der sein Glück gemacht hat. Dies ist ja jedermann bekannt. Bei Harry hingegen war es anders, in ihm liefen Mensch und Wolf nicht nebeneinander her, und noch viel weniger halfen sie einander, sondern sie lagen in ständiger Todfeindschaft gegeneinander, und einer lebte dem andern lediglich zu Leide, und wenn Zwei in Einem Blut und Einer Seele miteinander todfeind sind, dann ist das ein übles Leben. Nun, jeder hat sein Los, und leicht ist keines. Bei unsrem Steppenwolfe nun war es so, daß er in seinem Gefühl zwar bald als Wolf, bald als Mensch lebte, wie es bei allen Mischwesen der Fall ist, daß aber, wenn er Wolf war, der Mensch in ihm stets zuschauend, urteilend und richtend auf der Lauer lag – und in den Zeiten, wo er Mensch war, tat der Wolf ebenso. Zum Beispiel, wenn Harry als Mensch einen schönen Gedanken hatte, eine feine, edle Empfindung fühlte oder eine sogenannte gute Tat verrichtete, dann bleckte der Wolf in ihm die Zähne und lachte und zeigte ihm mit blutigem Hohn, wie lächerlich dieses ganze edle Theater einem Steppentier zu Gesicht stehe, einem Wolf, der ja in seinem Herzen ganz genau darüber Bescheid wußte, was ihm behage, nämlich einsam durch Steppen zu traben, zuzeiten Blut zu saufen oder eine Wölfin zu jagen, – und, vom Wolf aus gesehen, wurde dann jede menschliche Handlung schauerlich komisch und verlegen, dumm und eitel. Aber ganz ebenso war es, wenn Harry sich als Wolf fühlte und benahm, wenn er andern die Zähne zeigte, wenn er Haß und Todfeindschaft gegen alle Menschen und ihre verlogenen und entarteten Manieren und Sitten fühlte. Dann nämlich lag das Menschenteil in ihm auf der Lauer, beobachtete den Wolf, nannte ihn Vieh und Bestie und verdarb und vergällte ihm alle Freude an seinem einfachen, gesunden und wilden Wolfswesen.

So war dies mit dem Steppenwolf beschaffen, und man kann sich vorstellen, daß Harry nicht gerade ein angenehmes und glückliches Leben hatte. Doch soll damit nicht gesagt sein, daß er in ganz besonderem Grade unglücklich gewesen sei (obwohl es ihm selber allerdings so erschien, wie denn jeder Mensch die ihm zufallenden Leiden für die größten hält). Man sollte das von keinem Menschen sagen. Auch wer keinen Wolf in sich hat, braucht darum nicht glücklich zu sein. Und auch das unglücklichste Leben hat seine Sonnenstunden und seine kleinen Glücksblumen zwischen dem Sand und Gestein. So war es denn auch bei dem Steppenwolf. Er war meistens sehr unglücklich, das ist nicht zu leugnen, und unglücklich konnte er auch andre machen, nämlich wenn er sie liebte und sie ihn. Denn alle, die ihn lieb gewannen, sahen immer nur die eine Seite in ihm. Manche liebten ihn als einen feinen, klugen und eigenartigen Menschen und waren dann entsetzt und enttäuscht, wenn sie plötzlich den Wolf in ihm entdecken mußten. Und das mußten sie, denn Harry wollte, wie jedes Wesen, als Ganzes geliebt werden und konnte darum gerade vor denen, an deren Liebe ihm viel gelegen war, den Wolf nicht verbergen und weglügen. Es gab aber auch solche, die gerade den Wolf in ihm liebten, gerade das Freie, Wilde, Unzähmbare, Gefährliche und Starke, und diesen wieder war es dann außerordentlich enttäuschend und jämmerlich, wenn plötzlich der wilde, böse Wolf auch noch ein Mensch war, auch noch Sehnsucht nach Güte und Zartheit in sich hatte, auch noch Mozart hören, Verse lesen und Menschheitsideale haben wollte. Gerade diese waren meistens besonders enttäuscht und böse, und so brachte der Steppenwolf seine eigene Doppeltheit und Zwiespältigkeit auch in alle fremden Schicksale hinein, die er berührte.

Wer nun aber meint, den Steppenwolf zu kennen und sein klägliches, zerrissenes Leben sich vorstellen zu können, der ist dennoch im Irrtum, er weiß noch lange nicht alles. Er weiß nicht, daß es (wie keine Regel ohne Ausnahme und wie ein einziger Sünder unter Umständen Gott lieber ist als neunundneunzig Gerechte) – daß es bei Harry immerhin auch Ausnahmen und Glücksfälle gab, daß er zuweilen den Wolf, zuweilen den Menschen auch rein und ungestört in sich atmen, denken und fühlen konnte, ja, daß beide manchmal, in sehr seltenen Stunden, Frieden schlossen und einander zu Liebe lebten, so daß nicht bloß der eine schlief, während der andre wachte, sondern beide einander stärkten und jeder den andern verdoppelte. Auch im Leben dieses Mannes schien, wie überall in der Welt, zuweilen alles Gewohnte, Alltägliche, Erkannte und Regelmäßige bloß den Zweck zu haben, hie und da eine sekundenkurze Pause zu erleben, durchbrochen zu werden und dem Außerordentlichen, dem Wunder, der Gnade Platz zu machen. Ob nun diese kurzen, seltenen Glücksstunden das schlimme Los des Steppenwolfes ausglichen und milderten, so daß Glück und Leid sich schließlich die Waage hielten, oder ob vielleicht sogar das kurze, aber starke Glück jener wenigen Stunden alles Leid aufsog und ein Plus ergab, das ist nun wieder eine Frage, über welche müßige Leute nach Belieben brüten mögen. Auch der Wolf brütete oft darüber, und das waren seine müßigen und unnützen Tage.

Hierzu muß eines noch gesagt werden. Es gibt ziemlich viele Menschen von ähnlicher Art, wie Harry einer war, viele Künstler namentlich gehören dieser Art an. Diese Menschen haben alle zwei Seelen, zwei Wesen in sich, in ihnen ist Göttliches und Teuflisches, ist mütterliches und väterliches Blut, ist Glücksfähigkeit und Leidensfähigkeit ebenso feindlich und verworren neben- und ineinander vorhanden, wie Wolf und Mensch in Harry es waren. Und diese Menschen, deren Leben ein sehr unruhiges ist, erleben zuweilen in ihren seltenen Glücksaugenblicken so Starkes und unnennbar Schönes, der Schaum des Augenblicksglückes spritzt zuweilen so hoch und blendend über das Meer des Leides hinaus, daß dies kurze aufleuchtende Glück ausstrahlend auch andere berührt und bezaubert. So entstehen, als kostbarer flüchtiger Glücksschaum über dem Meer des Leides, alle jene Kunstwerke, in welchen ein einzelner leidender Mensch sich für eine Stunde so hoch über sein eigenes Schicksal erhob, daß sein Glück wie ein Stern strahlt und allen denen, die es sehen, wie etwas Ewiges und wie ihr eigener Glückstraum erscheint. Alle diese Menschen, mögen ihre Taten und Werke heißen wie sie wollen, haben eigentlich überhaupt kein Leben, das heißt, ihr Leben ist kein Sein, hat keine Gestalt, sie sind nicht Helden oder Künstler oder Denker in der Art, wie andere Richter, Ärzte, Schuhmacher oder Lehrer sind, sondern ihr Leben ist eine ewige, leidvolle Bewegung und Brandung, ist unglücklich und schmerzvoll zerrissen und ist schauerlich und sinnlos, sobald man den Sinn nicht in ebenjenen seltenen Erlebnissen, Taten, Gedanken und Werken zu sehen bereit ist, die über dem Chaos eines solchen Lebens aufstrahlen. Unter den Menschen dieser Art ist der gefährliche und schreckliche Gedanke entstanden, daß vielleicht das ganze Menschenleben nur ein arger Irrtum, eine heftige und mißglückte Fehlgeburt der Urmutter, ein wilder und grausig fehlgeschlagener Versuch der Natur sei. Unter ihnen ist aber auch der andere Gedanke entstanden, daß der Mensch vielleicht nicht bloß ein halbwegs vernünftiges Tier, sondern ein Götterkind und zur Unsterblichkeit bestimmt sei ...

Nie hat ein Mensch ein tieferes, leidenschaftlicheres Bedürfnis nach Unabhängigkeit gehabt als er. In seiner Jugendzeit, als er noch arm war und Mühe hatte, sein Brot zu verdienen, zog er es vor, zu hungern und in zerrissenen Kleidern zu gehen, nur um dafür ein Stückchen Unabhängigkeit zu retten. Er hat sich nie für Geld und Wohlleben, nie an Frauen oder an Mächtige verkauft und hat hundertmal das, was in aller Welt Augen sein Vorteil und Glück war, weggeworfen und ausgeschlagen, um dafür seine Freiheit zu bewahren. Keine Vorstellung war ihm verhaßter und grauenhafter als die, daß er ein Amt ausüben, eine Tages- und Jahreseinteilung innehalten, anderen gehorchen müßte. Ein Büro, eine Kanzlei, eine Amtsstube, das war ihm verhaßt wie der Tod, und das Entsetzlichste, was er im Traum erleben konnte, war die Gefangenschaft in einer Kaserne. All diesen Verhältnissen wußte er sich zu entziehen, oft unter großen Opfern. Hierin lag seine Stärke und Tugend, hier war er unbeugsam und unbestechlich, hier war sein Charakter fest und gradlinig. Allein mit dieser Tugend hing wieder sein Leid und Schicksal aufs engste zusammen. Es ging ihm, wie es allen ergeht: was er, aus einem innersten Trieb seines Wesens, aufs hartnäckigste suchte und anstrebte, das ward ihm zuteil, aber mehr als für Menschen gut ist. Es wurde anfänglich sein Traum und Glück, dann sein bittres Schicksal. Der Machtmensch geht an der Macht zugrunde, der Geldmensch am Geld, der Unterwürfige am Dienen, der Lustsucher an der Lust. Und so ging der Steppenwolf an seiner Unabhängigkeit zugrunde. Er erreichte sein Ziel, er wurde immer unabhängiger, niemand hatte ihm zu befehlen, nach niemandem hatte er sich zu richten, frei und allein bestimmte er über sein Tun und Lassen. Denn jeder starke Mensch erreicht unfehlbar das, was ein wirklicher Trieb ihn suchen heißt. Aber mitten in der erreichten Freiheit nahm Harry plötzlich wahr, daß seine Freiheit ein Tod war, daß er allein stand, daß die Welt ihn auf eine unheimliche Weise in Ruhe ließ, daß die Menschen ihn nichts mehr angingen, ja er selbst sich nicht, daß er in einer immer dünner und dünner werdenden Luft von Beziehungslosigkeit und Vereinsamung langsam erstickte. Denn nun stand es so, daß Alleinsein und Unabhängigkeit nicht mehr sein Wunsch und Ziel war, sondern sein Los, seine Verurteilung, daß der Zauberwunsch getan und nicht mehr zurückzunehmen war, daß es nichts mehr half, wenn er voll Sehnsucht und guten Willens die Arme ausstreckte und zu Bindung und Gemeinsamkeit bereit war: man ließ ihn jetzt allein. Dabei war er nicht etwa verhaßt und den Menschen zuwider. Im Gegenteil, er hatte sehr viele Freunde. Viele hatten ihn gern. Aber es war immer nur Sympathie und Freundlichkeit, was er fand, man lud ihn ein, man beschenkte ihn, schrieb ihm nette Briefe, aber nahe an ihn heran kam niemand, Bindung entstand nirgends, sein

Leben zu teilen war niemand gewillt und fähig. Es umgab ihn jetzt die Luft der Einsamen, eine stille Atmosphäre, ein Weggleiten der Umwelt, eine Unfähigkeit zu Beziehungen, gegen welche kein Wille und keine Sehnsucht etwas vermochte. Dies war eins der wichtigen Kennzeichen seines Lebens.

Ein anderes war, daß er zu den Selbstmördern gehörte. Hier muß gesagt werden, daß es falsch ist, wenn man nur jene Menschen Selbstmörder nennt, welche sich wirklich umbringen. Unter diesen sind sogar viele, die nur gewissermaßen aus Zufall Selbstmörder werden, zu deren Wesen das Selbstmördertum nicht notwendig gehört. Unter den Menschen ohne Persönlichkeit, ohne starke Prägung, ohne starkes Schicksal, unter den Dutzend- und Herdenmenschen sind manche, die durch Selbstmord umkommen, ohne darum in ihrer ganzen Signatur und Prägung dem Typus der Selbstmörder anzugehören, während wiederum von jenen, welche dem Wesen nach zu den Selbstmördern zählen, sehr viele, vielleicht die meisten, niemals tatsächlich Hand an sich legen. Der »Selbstmörder« – und Harry war einer – braucht nicht notwendig in einem besonders starken Verhältnis zum Tode zu leben – dies kann man tun, auch ohne Selbstmörder zu sein. Aber dem Selbstmörder ist es eigentümlich, daß er sein Ich, einerlei ob mit Recht oder Unrecht, als einen besonders gefährlichen, zweifelhaften und gefährdeten Keim der Natur empfindet, daß er sich stets außerordentlich exponiert und gefährdet vorkommt, so, als stünde er auf allerschmalster Felsenspitze, wo ein kleiner Stoß von außen oder eine winzige Schwäche von innen genügt, um ihn ins Leere fallen zu lassen. Diese Art von Menschen ist in ihrer Schicksalslinie dadurch gekennzeichnet, daß der Selbstmord für sie die wahrscheinlichste Todesart ist, wenigstens in ihrer eigenen Vorstellung. Voraussetzung dieser Stimmung, welche fast immer schon in früher Jugend sichtbar wird und diese Menschen ihr Leben lang begleitet, ist nicht etwa eine besonders schwache Lebenskraft, man findet im Gegenteil unter den »Selbstmördern« außerordentlich zähe, begehrliche und auch kühne Naturen. Aber so wie es Naturen gibt, die bei der kleinsten Erkrankung zu Fieber neigen, so neigen diese Naturen, die wir »Selbstmörder« heißen und die stets sehr empfindlich und sensibel sind, bei der kleinsten Erschütterung dazu, sich intensiv der Vorstellung des Selbstmordes hinzugeben. Hätten wir eine Wissenschaft, die den Mut und die Verantwortungskraft besäße, sich mit dem Menschen zu beschäftigen, statt bloß mit den Mechanismen der Lebenserscheinungen, hätten wir etwas wie eine Anthropologie, etwas wie eine Psychologie, so wären diese Tatsachen jedem bekannt.

Was wir hier über die Selbstmörder sagten, bezieht sich alles selbstverständlich nur auf die Oberfläche, es ist Psychologie, also ein Stück Physik. Metaphysisch betrachtet sieht die Sache anders und viel klarer aus, denn bei solcher Betrachtung stellen die »Selbstmörder« sich uns dar als die vom Schuldgefühl der Individuation Betroffenen, als jene Seelen, welchen nicht mehr die Vollendung und Ausgestaltung ihrer selbst als Lebensziel erscheint, sondern ihre Auflösung, zurück zur Mutter, zurück zu Gott, zurück ins All. Von diesen Naturen sind sehr viele vollkommen unfähig, jemals den realen Selbstmord zu begehen, weil sie dessen Sünde tief erkannt haben. Für uns sind sie dennoch Selbstmörder, denn sie sehen im Tod, nicht im Leben den Erlöser, sie sind bereit, sich wegzuwerfen und hinzugeben, auszulöschen und zum Anfang zurückzukehren.

Wie jede Kraft auch zu einer Schwäche werden kann (ja

unter Umständen werden muß), so kann umgekehrt der typische Selbstmörder aus seiner anscheinenden Schwäche oft eine Kraft und eine Stütze machen, ja er tut dies außerordentlich häufig. Zu diesen Fällen gehört auch der Harrys, des Steppenwolfes. Wie Tausende von seinesgleichen, machte er aus der Vorstellung, daß ihm zu jeder Stunde der Weg in den Tod offenstehe, nicht bloß ein jugendlich-melancholisches Phantasiespiel, sondern baute sich aus eben diesem Gedanken einen Trost und eine Stütze. Zwar rief in ihm, wie in allen Menschen seiner Art, jede Erschütterung, jeder Schmerz, jede üble Lebenslage sofort den Wunsch wach, sich durch den Tod zu entziehen. Allmählich aber schuf er sich aus dieser Neigung gerade eine dem Leben dienliche Philosophie. Die Vertrautheit mit dem Gedanken, daß jener Notausgang beständig offen stehe, gab ihm Kraft, machte ihn neugierig auf das Auskosten von Schmerzen und üblen Zuständen, und wenn es ihm recht elend ging, konnte er zuweilen mit grimmiger Freude, einer Art Schadenfreude, empfinden: »Ich bin doch neugierig zu sehen, wie viel eigentlich ein Mensch auszuhalten vermag! Ist die Grenze des noch Erträglichen erreicht, dann brauche ich ja bloß die Tür zu öffnen und bin entronnen.« Es gibt sehr viele Selbstmörder, denen aus diesem Gedanken ungewöhnliche Kräfte kommen.

Andrerseits ist allen Selbstmördern auch der Kampf gegen die Versuchung zum Selbstmord vertraut. Jeder weiß, in irgendeinem Winkel seiner Seele, recht wohl, daß Selbstmord zwar ein Ausweg, aber doch nur ein etwas schäbiger und illegitimer Notausgang ist, daß es im Grunde edler und schöner ist, sich vom Leben selbst besiegen und hinstrecken zu lassen als von der eigenen Hand …

Der Steppenwolf stand, seiner eigenen Auffassung zufolge, gänzlich außerhalb der bürgerlichen Welt, da er weder Familienleben noch sozialen Ehrgeiz kannte. Er fühlte sich durchaus als Einzelnen, als Sonderling bald und krankhaften Einsiedler, bald auch als über-normal, als ein geniemäßig veranlagtes, über die kleinen Normen des Durchschnittslebens erhabenes Individuum. Mit Bewußtsein verachtete er den Bourgeois und war stolz darauf, keiner zu sein. Dennoch lebte er in mancher Hinsicht ganz und gar bürgerlich, er hatte Geld auf der Bank und unterstützte arme Verwandte, er kleidete sich zwar sorglos, doch anständig und unauffällig, er suchte mit der Polizei, dem Steueramt und ähnlichen Mächten in gutem Frieden zu leben. Außerdem aber zog ihn eine starke, heimliche Sehnsucht beständig zur bürgerlichen Kleinwelt, zu den stillen, anständigen Familienhäusern mit sauberen Gärtchen, blankgehaltnem Treppenhaus und ihrer ganzen bescheidenen Atmosphäre von Ordnung und Wohlanständigkeit. Es gefiel ihm, seine kleinen Laster und Extravaganzen zu haben, sich als außerbürgerlich, als Sonderling oder Genie zu fühlen, doch hauste und lebte er, um es so auszudrücken, niemals in den Provinzen des Lebens, wo keine Bürgerlichkeit mehr existiert. Er war weder in der Luft der Gewalt- und Ausnahmemenschen zu Hause noch bei den Verbrechern oder Entrechteten, sondern blieb immer in der Provinz der Bürger wohnen, zu deren Gewohnheiten, zu deren Norm und Atmosphäre er stets in Beziehung stand, sei es auch in der des Gegensatzes und der Revolte. Außerdem war er in kleinbürgerlicher Erziehung aufgewachsen und hatte von dorther eine Menge von Begriffen und Schablonen beibehalten. Er hatte theoretisch nicht das mindeste gegen das Dirnentum, wäre aber unfähig gewesen, persönlich eine Dirne ernst zu nehmen und wirklich als seinesgleichen zu betrachten. Den politischen Verbrecher, den Revolutionär oder den geistigen Verführer, den Staat und Gesellschaft ächteten, vermochte er als seinen Bruder zu lieben, aber mit einem Dieb, Einbrecher, Lustmörder hätte er nichts anzufangen gewußt, als sie auf eine ziemlich bürgerliche Art zu bedauern.

Auf diese Weise anerkannte und bejahte er stets mit der einen Hälfte seines Wesens und Tuns das, was er mit der andern bekämpfte und verneinte. In einem kultivierten Bürgerhause aufgewachsen, in fester Form und Sitte, war er mit einem Teil seiner Seele stets an den Ordnungen dieser Welt hängengeblieben, auch nachdem er sich längst über das im Bürgerlichen mögliche Maß hinaus individualisiert und sich vom Inhalt bürgerlichen Ideals und Glaubens längst befreit hatte.

Das »Bürgerliche« nun, als ein stets vorhandener Zustand des Menschlichen, ist nichts andres als der Versuch eines Ausgleiches, als das Streben nach einer ausgeglichenen Mitte zwischen den zahllosen Extremen und Gegensatzpaaren menschlichen Verhaltens. Nehmen wir irgendeines dieser Gegensatzpaare als Beispiel, etwa das des Heiligen und des Wüstlings, so wird unser Gleichnis alsbald verständlich werden. Der Mensch hat die Möglichkeit, sich ganz und gar dem Geistigen, dem Annäherungsversuch ans Göttliche, hinzugeben, dem Ideal des Heiligen. Er hat umgekehrt auch die Möglichkeit, sich ganz und gar dem Triebleben, dem Verlangen seiner Sinne hinzugeben und sein ganzes Streben auf den Gewinn von augenblicklicher Lust zu richten. Der eine Weg führt zum Heiligen, zum Märtyrer des Geistes, zur Selbstaufgabe an Gott. Der andre Weg führt zum Wüstling, zum Märtyrer der Triebe, zur Selbstaufgabe an die Verwesung. Zwischen beiden nun versucht in temperierter Mitte der Bürger zu leben. Nie wird er sich aufgeben, sich hingeben, weder dem Rausch noch der Askese, nie wird er Märtyrer sein, nie in seine Vernichtung willigen – im Gegenteil, sein Ideal ist nicht Hingabe, sondern Erhaltung des Ichs, sein Streben gilt weder der Heiligkeit noch deren Gegenteil, Unbedingtheit ist ihm unerträglich, er will zwar Gott dienen, aber auch dem Rausche, will zwar tugendhaft sein, es aber auch ein bißchen gut und bequem auf Erden haben. Kurz, er versucht es, in der Mitte zwischen den Extremen sich anzusiedeln, in einer gemäßigten und bekömmlichen Zone ohne heftige Stürme und Gewitter, und dies gelingt ihm auch, jedoch auf Kosten jener Lebens- und Gefühlsintensität, die ein aufs Unbedingte und Extreme gerichtetes Leben verleiht. Intensiv leben kann man nur auf Kosten des Ichs. Der Bürger nun schätzt nichts höher als das Ich (ein nur rudimentär entwickeltes Ich allerdings). Auf Kosten der Intensität also erreicht er Erhaltung und Sicherheit, statt Gottbesessenheit erntet er Gewissensruhe, statt Lust Behagen, statt Freiheit Bequemlichkeit, statt tödlicher Glut eine angenehme Temperatur. Der Bürger ist deshalb seinem Wesen nach ein Geschöpf von schwachem Lebensantrieb, ängstlich, jede Preisgabe seiner selbst fürchtend, leicht zu regieren. Er hat darum an Stelle der Macht die Majorität gesetzt, an Stelle der Gewalt das Gesetz, an Stelle der Verantwortung das Abstimmungsverfahren.

Es ist klar, daß dies schwache und ängstliche Wesen, existierte es auch in noch so großer Anzahl, sich nicht halten kann, daß es vermöge seiner Eigenschaften in der Welt keine andre Rolle spielen könnte als die einer Lämmerherde zwischen freischweifenden Wölfen. Dennoch sehen wir, daß zwar in Zeiten des Regiments sehr starker Naturen der Bürger sofort an die Wand gedrückt wird, daß er aber niemals untergeht, zuzeiten sogar anscheinend die Welt beherrscht.

Wie ist das möglich? Weder die große Zahl seiner Herde, noch die Tugend, noch der common sense, noch die Organisation wären stark genug, ihn vor dem Untergang zu retten. Wessen Lebensintensität von vornherein so sehr geschwächt ist, den kann keine Medizin der Welt am Leben erhalten. Und dennoch lebt das Bürgertum, ist stark und gedeiht. – Warum?

Die Antwort lautet: Wegen der Steppenwölfe. In der Tat beruht die vitale Kraft des Bürgertums keineswegs auf den Eigenschaften seiner normalen Mitglieder, sondern auf denen der außerordentlich zahlreichen outsiders, die es infolge der Verschwommenheit und Dehnbarkeit seiner Ideale mit zu umschließen vermag. Es lebt im Bürgertum stets eine große Menge von starken und wilden Naturen mit. Unser Steppenwolf Harry ist ein charakteristisches Beispiel. Er, der weit über das dem Bürger mögliche Maß hinaus zum Individuum entwickelt ist, er, der die Wonne der Meditation ebenso wie die düstern Freuden des Hasses und Selbsthasses kennt, er, der das Gesetz, die Tugend und den common sense verachtet, ist dennoch ein Zwangshäftling des Bürgertums und kann ihm nicht entrinnen. Und so lagern um die eigentliche Masse des echten Bürgertums weite Schichten der Menschheit, viele Tausende von Leben und Intelligenzen, deren jede dem Bürgertum zwar entwachsen und für ein Leben im Unbedingten berufen wäre, deren jede aber, durch infantile Gefühle der Bürgerlichkeit anhängend und von ihrer Schwächung der Lebensintensität ein Stück weit angesteckt, dennoch irgendwie im Bürgertum verharrt, ihm irgendwie hörig, verpflichtet und dienstbar bleibt. Denn dem Bürgertum gilt der umgekehrte Grundsatz der Großen: Wer nicht wider mich ist, der ist für mich!

Prüfen wir daraufhin die Seele des Steppenwolfes, so stellt

er sich dar als ein Mensch, den schon sein hoher Grad von Individuation zum Nichtbürger bestimmt – denn alle hochgetriebene Individuation kehrt sich gegen das Ich und neigt wieder zu dessen Zerstörung. Wir sehen, daß er sowohl nach dem Heiligen wie nach dem Wüstling hin starke Antriebe in sich hat, jedoch aus irgendeiner Schwächung oder Trägheit heraus den Schwung in den freien wilden Weltraum nicht nehmen konnte und an das schwere mütterliche Gestirn des Bürgertums gebannt bleibt. Dies ist seine Lage im Raum der Welt, dies seine Gebundenheit. Die allermeisten Intellektuellen, der größte Teil der Künstlermenschen gehört demselben Typus an. Nur die stärksten von ihnen durchstoßen die Atmosphäre der Bürgererde und gelangen ins Kosmische, die andern alle resignieren oder schließen Kompromisse, verachten das Bürgertum und gehören ihm dennoch an und stärken und verherrlichen es, indem sie letzten Endes es bejahen müssen, um noch leben zu können. Es reicht diesen zahllosen Existenzen nicht zur Tragik, wohl aber zu einem recht ansehnlichen Mißgeschick und Unstern, in dessen Hölle ihre Talente gar gekocht und fruchtbar werden. Die wenigen, die sich losreißen, finden ins Unbedingte und gehen auf bewundernswerte Weise unter, sie sind die Tragischen, ihre Zahl ist klein. Den andern aber, den Gebundenbleibenden, deren Talenten oft das Bürgertum große Ehren zollt, ihnen steht ein drittes Reich offen, eine imaginäre, aber souveräne Welt: der Humor. Die friedlosen Steppenwölfe, diese beständig und furchtbar Leidenden, denen die zur Tragik, zum Durchbruch in den Sternenraum erforderliche Wucht versagt ist, die sich zum Unbedingten berufen fühlen und doch in ihm nicht zu leben vermögen: ihnen bietet sich, wenn ihr Geist im Leiden stark und elastisch geworden ist, der versöhnliche Ausweg in den Humor. Der

Humor bleibt stets irgendwie bürgerlich, obwohl der echte Bürger unfähig ist, ihn zu verstehen. In seiner imaginären Sphäre wird das verzwickte, vielspältige Ideal aller Steppenwölfe verwirklicht: hier ist es möglich, nicht nur gleichzeitig den Heiligen und den Wüstling zu bejahen, die Pole zueinander zu biegen, sondern auch noch den Bürger in die Bejahung einzubeziehen. Es ist ja dem Gottbesessenen sehr wohl möglich, den Verbrecher zu bejahen, und ebenso umgekehrt, ihnen beiden aber, und allen anderen Unbedingten, ist es unmöglich, auch noch jene neutrale laue Mitte, das Bürgerliche, zu bejahen. Einzig der Humor, die herrliche Erfindung der in ihrer Berufung zum Größten Gehemmten, der beinahe Tragischen, der höchstbegabten Unglücklichen, einzig der Humor (vielleicht die eigenste und genialste Leistung des Menschentums) vollbringt dies Unmögliche, überzieht und vereinigt alle Bezirke des Menschenwesens mit den Strahlungen seiner Prismen. In der Welt zu leben, als sei es nicht die Welt, das Gesetz zu achten und doch über ihm zu stehen, zu besitzen, »als besäße man nicht«, zu verzichten, als sei es kein Verzicht – alle diese beliebten und oft formulierten Forderungen einer hohen Lebensweisheit ist einzig der Humor zu verwirklichen fähig.

Und falls es dem Steppenwolf, dem es an Gaben und Ansätzen dazu nicht fehlt, in der schwülen Wirrnis seiner Hölle noch gelingen sollte, diesen Zaubertrank auszukochen, auszuschwitzen, dann wäre er gerettet. Noch fehlt ihm dazu vieles. Die Möglichkeit aber, die Hoffnung ist vorhanden. Wer ihn liebt, wer an ihm Teil nimmt, mag ihm diese Rettung wünschen. Er würde dadurch zwar für immer im Bürgerlichen verharren bleiben, aber seine Leiden wären erträglich, würden fruchtbar. Sein Verhältnis zur Bürgerwelt, in Liebe und Haß, würde die Sentimentalität verlieren, und sein Gebundensein an diese Welt würde aufhören, ihn beständig als Schande zu quälen.

Um dies zu erreichen, oder um vielleicht am Ende doch noch den Sprung ins Weltall wagen zu können, müßte solch ein Steppenwolf einmal sich selbst gegenübergestellt werden, müßte tief in das Chaos der eigenen Seele blicken und zum vollen Bewußtsein seiner selbst kommen. Seine fragwürdige Existenz würde sich ihm alsdann in ihrer ganzen Unabänderlichkeit enthüllen, und es würde ihm fernerhin unmöglich werden, sich immer wieder aus der Hölle seiner Triebe in sentimental-philosophische Tröstungen und aus diesen wieder in den blinden Rausch seines Wolftums hinüberzuflüchten. Mensch und Wolf würden genötigt sein, einander ohne fälschende Gefühlsmasken zu erkennen, einander nackt in die Augen zu sehen. Dann würden sie entweder explodieren und für immer auseinandergehen, so daß es keinen Steppenwolf mehr gäbe, oder sie würden unter dem aufgehenden Licht des Humors eine Vernunftehe schließen.

Möglich, daß Harry eines Tages vor diese letzte Möglichkeit geführt wird. Möglich, daß er eines Tages sich erkennen lernt, sei es, daß er einen unsrer kleinen Spiegel in die Hand bekomme, sei es, daß er den Unsterblichen begegne oder vielleicht in einem unsrer magischen Theater dasjenige finde, wessen er zur Befreiung seiner verwahrlosten Seele bedarf. Tausend solche Möglichkeiten warten auf ihn, sein Schicksal zieht sie unwiderstehlich an, alle diese Außenseiter des Bürgertums leben in der Atmosphäre dieser magischen Möglichkeiten. Ein Nichts genügt, und der Blitz schlägt ein.

Und dies alles ist dem Steppenwolf, auch wenn er niemals diesen Abriß seiner innern Biographie zu Gesicht bekommt, sehr wohl bekannt. Er ahnt seine Stellung im Weltgebäude, er ahnt und kennt die Unsterblichen, er ahnt und fürchtet die Möglichkeit einer Selbstbegegnung, er weiß vom Vorhandensein jenes Spiegels, in den zu blicken er so bitter nötig hätte, in den zu blicken er sich so tödlich fürchtet.

Zum Schluß unsrer Studie bleibt noch eine letzte Fiktion, eine grundsätzliche Täuschung aufzulösen. Alle »Erklärungen«, alle Psychologie, alle Versuche des Verstehens bedürfen ja der Hilfsmittel, der Theorien, der Mythologien, der Lügen; und ein anständiger Autor sollte es nicht unterlassen, am Schluß einer Darstellung diese Lügen nach Möglichkeit aufzulösen. Wenn ich sage »Oben« oder »Unten«, so ist das ja schon eine Behauptung, welche Erklärung fordert, denn ein Oben und Unten gibt es nur im Denken, nur in der Abstraktion. Die Welt selbst kennt kein Oben noch Unten …

Denn kein einziger Mensch, auch nicht der primitive Neger, auch nicht der Idiot, ist so angenehm einfach, daß sein Wesen sich als die Summe von nur zweien oder dreien Hauptelementen erklären ließe; und gar einen so sehr differenzierten Menschen wie Harry mit der naiven Einteilung in Wolf und Mensch zu erklären, ist ein hoffnungslos kindlicher Versuch. Harry besteht nicht aus zwei Wesen, sondern aus hundert, aus tausenden. Sein Leben schwingt (wie jedes Menschen Leben) nicht bloß zwischen zwei Polen, etwa dem Trieb und dem Geist, oder dem Heiligen und dem Wüstling, sondern es schwingt zwischen tausenden, zwischen unzählbaren Polpaaren.

Daß ein so unterrichteter und kluger Mensch wie Harry sich für einen »Steppenwolf« halten kann, daß er das reiche und komplizierte Gebilde seines Lebens in einer so schlichten, so brutalen, so primitiven Formel glaubt unterbringen zu können, darf uns nicht in Verwunderung setzen. Der Mensch ist des Denkens nicht in hohem Maße fähig, und auch noch der geistigste und gebildetste Mensch sieht die Welt und sich selbst beständig durch die Brille sehr naiver, vereinfachender und umlügender Formeln an – am meisten aber sich selbst! Denn es ist ein, wie es scheint, eingeborenes und völlig zwanghaft wirkendes Bedürfnis aller Menschen, daß jeder sein Ich als eine Einheit sich vorstelle. Mag dieser Wahn noch so oft, noch so schwer erschüttert werden, er heilt stets wieder zusammen. Der Richter, der dem Mörder gegenübersitzt und in sein Auge sieht und einen Augenblick lang den Mörder mit seiner eigenen (des Richters) Stimme reden hört und alle seine Regungen, Fähigkeiten, Möglichkeiten auch in seinem eigenen Innern vorfindet, er ist schon im nächsten Augenblick wieder Eins, ist Richter, schnellt in die Schale seines eingebildeten Ichs zurück, tut seine Pflicht und verurteilt den Mörder zum Tode. Und wenn in besonders begabten und zart organisierten Menschenseelen die Ahnung ihrer Vielspältigkeit aufdämmert, wenn sie, wie jedes Genie, den Wahn der Persönlichkeitseinheit durchbrechen und sich als mehrteilig, als ein Bündel aus vielen Ichs empfinden, so brauchen sie das nur zu äußern, und alsbald sperrt die Majorität sie ein, ruft die Wissenschaft zu Hilfe, konstatiert Schizophrenie und beschützt die Menschheit davor, aus dem Munde dieser Unglücklichen einen Ruf der Wahrheit vernehmen zu müssen ... – Wenn nun also ein Mensch schon dazu vorschreitet, die eingebildete Einheit des Ichs zur Zweiheit auszudehnen, so ist er schon beinahe ein Genie, jedenfalls aber eine seltene und interessante Ausnahme. In Wirklichkeit aber ist kein Ich, auch nicht das naivste, eine Einheit, sondern eine höchst vielfältige Welt, ein kleiner Sternhimmel, ein Chaos von Formen, von Stufen und Zuständen, von Erbschaften und Möglichkeiten. Daß jeder Einzelne dies Chaos für eine Einheit anzusehen bestrebt ist und von seinem Ich redet, als sei dies eine einfache, fest geformte, klar umrissene Erscheinung: diese, jedem Menschen (auch dem höchsten) geläufige Täuschung scheint eine Notwendigkeit zu sein, eine Forderung des Lebens wie Atemholen und Essen.

Die Täuschung beruht auf einer einfachen Übertragung. Als Körper ist jeder Mensch eins, als Seele nie. Auch in der Dichtung, selbst in der raffiniertesten, wird herkömmlicherweise stets mit scheinbar ganzen, scheinbar einheitlichen Personen operiert. An der bisherigen Dichtung schätzen die Fachleute, die Kenner am höchsten das Drama, und mit Recht, denn es bietet (oder böte) die größte Möglichkeit zur Darstellung des Ichs als einer Vielheit – wenn dem nicht der grobe Augenschein widerspräche, der uns jede einzelne Person eines Dramas, da sie in einem unweigerlich einmaligen, einheitlichen, abgeschlossenen Körper steckt, als Einheit vortäuscht. Am höchsten schätzt denn auch die naive Ästhetik das sogenannte Charakterdrama, in dem jede Figur recht kenntlich und abgesondert als Einheit auftritt. Nur von ferne erst und allmählich dämmert die Ahnung in einzelnen, daß das vielleicht alles eine billige Oberflächenästhetik ist, daß wir irren, wenn wir auf unsre großen Dramatiker die herrlichen, uns aber nicht eingeborenen, sondern bloß aufgeschwatzten Schönheitsbegriffe der Antike anwenden, welche, überall vom sichtbaren Leibe ausgehend, recht eigentlich die Fiktion vom Ich, von der Person, erfunden hat. In den Dichtungen des alten Indien ist dieser Begriff ganz unbekannt, die Helden der indischen Epen sind nicht Personen, sondern Personenknäuel, Inkarnationsreihen. Und in unsrer modernen Welt gibt es Dichtungen, in denen hinter dem Schleier des Personen- und Charakterspiels, dem Autor wohl kaum ganz bewußt, eine Seelenvielfalt darzustellen versucht wird. Wer dies erkennen will, der muß sich entschließen, einmal die Figuren einer solchen Dichtung nicht als Einzelwesen anzusehen, sondern als Teile, als Seiten, als verschiedene Aspekte einer höhern Einheit (meinetwegen der Dichterseele). Wer etwa den Faust auf diese Art betrachtet, für den wird aus Faust, Mephisto, Wagner und allen andern eine Einheit, eine Überperson, und erst in dieser höhern Einheit, nicht in den Einzelfiguren, ist etwas vom wahren Wesen der Seele angedeutet. Wenn Faust den unter den Schullehrern berühmten, vom Philister mit Schauer bewunderten Spruch sagt: »Zwei Seelen wohnen, ach, in meiner Brust!« dann vergißt er den Mephisto und eine ganze Menge andrer Seelen, die er ebenfalls in seiner Brust hat. Auch unser Steppenwolf glaubt ja, zwei Seelen (Wolf und Mensch) in seiner Brust zu tragen und findet seine Brust dadurch schon arg beengt. Die Brust, der Leib, ist eben immer eines, der darin wohnenden Seelen aber sind nicht zwei, oder fünf, sondern unzählige; der Mensch ist eine aus hundert Schalen bestehende Zwiebel, ein aus vielen Fäden bestehendes Gewebe. Erkannt und genau gewußt haben dies die alten Asiaten, und im buddhistischen Yoga ist eine genaue Technik dafür erfunden, den Wahn der Persönlichkeit zu entlarven. Lustig und vielfältig ist das Spiel der Menschheit: der Wahn, zu dessen Entlarvung Indien tausend Jahre lang sich so sehr angestrengt hat, ist derselbe, zu dessen Stützung und Stärkung der Okzident sich ebenso viele Mühe gegeben hat.

Betrachten wir von diesem Standpunkt aus den Steppenwolf, so wird uns klar, warum er so sehr unter seiner lächerlichen Zweiheit leidet. Er glaubt, wie Faust, daß zwei Seelen für eine einzige Brust schon zu viel seien und die Brust zerreißen müßten. Sie sind aber im Gegenteil viel zu wenig, und Harry vergewaltigt seine arme Seele furchtbar, wenn er sie in einem so primitiven Bilde zu begreifen sucht. Harry verfährt, obwohl er ein hochgebildeter Mensch ist, etwa wie ein Wilder, der nicht über zwei hinaus zählen kann. Er nennt ein Stück von sich Mensch, ein andres Wolf, und damit glaubt er schon am Ende zu sein und sich erschöpft zu haben. In den »Menschen« packt er alles Geistige, Sublimierte oder doch Kultivierte hinein, das er in sich vorfindet, und in den Wolf alles Triebhafte, Wilde und Chaotische. Aber so simpel wie in unsern Gedanken, so grob wie in unsrer armen Idiotensprache geht es im Leben nicht zu, und Harry belügt sich doppelt, wenn er diese negerhafte Wolfsmethode anwendet. Harry rechnet, so fürchten wir, ganze Provinzen seiner Seele schon zum »Menschen«, die noch lange nicht Mensch sind, und rechnet Teile seines Wesens zum Wolfe, die längst über den Wolf hinaus sind.

Wie alle Menschen, so glaubt auch Harry recht wohl zu wissen, was der Mensch sei, und weiß es doch durchaus nicht, obschon er es, in Träumen und anderen schwer kontrollierbaren Bewußtseinszuständen, nicht selten ahnt. Möchte er diese Ahnungen nicht vergessen, möchte er sie sich doch möglichst zu eigen machen! Der Mensch ist ja keine feste und dauernde Gestaltung (dies war, trotz entgegengesetzter Ahnungen ihrer Weisen, das Ideal der Antike), er ist vielmehr ein Versuch und Übergang, er ist nichts anderes als die schmale, gefährliche Brücke zwischen Natur und Geist. Nach dem Geiste hin, zu Gott hin treibt ihn die innerste Bestimmung – nach der Natur, zur Mutter zurück zieht ihn die innigste Sehnsucht: zwischen beiden Mächten schwankt angstvoll bebend sein Leben. Was die Menschen jeweils unter dem Begriff »Mensch« verstehen, ist stets nur eine vergängliche bürgerliche Übereinkunft. Gewisse roheste Triebe werden von dieser Konvention abgelehnt und verpönt, ein Stück Bewußtsein, Gesittung und Entbestialisierung wird verlangt, ein klein wenig Geist ist nicht nur erlaubt, sondern wird sogar gefordert. Der »Mensch« dieser Konvention ist, wie jedes Bürgerideal, ein Kompromiß, ein schüchterner und naiv-schlauer Versuch, sowohl die böse Urmutter Natur wie den lästigen Urvater Geist um ihre heftigen Forderungen zu prellen und in lauer Mitte zwischen ihnen zu wohnen. Darum erlaubt und duldet der Bürger das, was er »Persönlichkeit« nennt, liefert die Persönlichkeit aber gleichzeitig jenem Moloch »Staat« aus und spielt beständig die beiden gegeneinander aus. Darum verbrennt der Bürger heute den als Ketzer, hängt den als Verbrecher, dem er übermorgen Denkmäler setzt.

Daß der »Mensch« nicht schon Erschaffenes sei, sondern eine Forderung des Geistes, eine ferne, ebenso ersehnte wie gefürchtete Möglichkeit, und daß der Weg dahin immer nur ein kleines Stückchen weit und unter furchtbaren Qualen und Ekstasen zurückgelegt wird, eben von jenen seltenen Einzelnen, denen heute das Schafott, morgen das Ehrendenkmal bereitet wird – dies Ahnen lebt auch im Steppenwolf. Was er aber, im Gegensatz zu seinem »Wolf«, in sich »Mensch« nennt, das ist zum großen Teil nichts andres als eben jener mediokre »Mensch« der Bürgerkonvention. Den Weg zum wahren Menschen, den Weg zu den Unsterblichen kann Harry zwar recht wohl ahnen, geht ihn auch hie und da ein winziges, zögerndes Stückchen weit und bezahlt das mit schweren Leiden, mit schmerzlicher Vereinsamung. Aber jene höchste Forderung, jene echte, vom Geist gesuchte Menschwerdung zu bejahen und anzustreben, den einzigen schmalen Weg zur Unsterblichkeit zu gehen, davor scheut er sich doch in tiefster Seele. Er fühlt recht wohl: das führt zu noch größeren Leiden, zur Ächtung, zum letzten Verzicht, vielleicht zum Schafott, – und wenn auch am Ende dieses Weges Unsterblichkeit lockt, so ist er doch nicht gewillt, all diese Leiden zu leiden, all diese Tode zu sterben. Obwohl ihm vom Ziel der Menschwerdung mehr bewußt ist als den Bürgern, macht er doch die Augen zu und will nicht wissen, daß das verzweifelte Hängen am Ich, das verzweifelte Nichtsterbenwollen der sicherste Weg zum ewigen Tode ist, während Sterbenkönnen, Hüllenabstreifen, ewige Hingabe des Ichs an die Wandlung zur Unsterblichkeit führt. Wenn er seine Lieblinge unter den Unsterblichen anbetet, etwa Mozart, so sieht er ihn letzten Endes doch immer noch mit Bürgeraugen an und ist geneigt, Mozarts Vollendung recht wie ein Schullehrer bloß aus seiner hohen Spezialistenbegabung zu erklären, statt aus der Größe seiner Hingabe und Leidensbereitschaft, seiner Gleichgültigkeit gegen die Ideale der Bürger und dem Erdulden jener äußersten Vereinsamung, die um den Leidenden, den Menschwerdenden alle Bürgeratmosphäre zu eisigem Weltäther verdünnt, jener Vereinsamung im Garten Gethsemane.

Immerhin hat unser Steppenwolf wenigstens die faustische Zweiheit in sich entdeckt, er hat herausgefunden, daß der Einheit seines Leibes nicht eine Seeleneinheit innewohnt, sondern daß er bestenfalls nur auf dem Wege, in langer Pilgerschaft zum Ideal dieser Harmonie begriffen ist. Er möchte entweder den Wolf in sich überwinden und ganz Mensch werden oder aber auf den Menschen verzichten und wenigstens als Wolf ein einheitliches, unzerrissenes Leben leben. Vermutlich hat er nie einen wirklichen Wolf genau beobachtet – er hätte dann vielleicht gesehen, daß auch die Tiere keine einheitliche Seele haben, daß auch bei ihnen hinter der schönen straffen Form des Leibes eine Vielfalt von Strebungen und Zuständen wohnt, daß auch der Wolf Abgründe in sich hat, daß auch der Wolf leidet. Nein, mit dem »Zurück zur Natur!« geht der Mensch stets einen leidvollen und hoffnungslosen Irrweg. Harry kann niemals wieder ganz zum Wolfe werden, und würde er es, so sähe er, daß auch der Wolf wieder nichts Einfaches und Anfängliches ist, sondern schon etwas sehr Vielfaches und Kompliziertes. Auch der Wolf hat zwei und mehr als zwei Seelen in seiner Wolfsbrust, und wer ein Wolf zu sein begehrt, begeht dieselbe Vergeßlichkeit wie der Mann mit jenem Liede: »O selig, ein Kind noch zu sein!« Der sympathische, aber sentimentale Mann, der das Lied vom seligen Kinde singt, möchte ebenfalls zur Natur, zur Unschuld, zu den Anfängen zurück und hat ganz vergessen, daß die Kinder keineswegs selig sind, daß sie vieler Konflikte, daß sie vieler Zwiespältigkeiten, daß sie aller Leiden fähig sind.

Zurück führt überhaupt kein Weg, nicht zum Wolf, noch zum Kinde. Am Anfang der Dinge ist nicht Unschuld und Einfalt; alles Erschaffene, auch das scheinbar Einfachste, ist schon schuldig, ist schon vielspältig, ist in den schmutzigen Strom des Werdens geworfen und kann nie mehr, nie mehr stromaufwärts schwimmen. Der Weg in die Unschuld, ins Unerschaffene, zu Gott, führt nicht zurück, sondern vorwärts, nicht zum Wolf oder Kind, sondern immer weiter in die Schuld, immer tiefer in die Menschwerdung hinein. Auch mit dem Selbstmord wird dir, armer Steppenwolf, nicht ernstlich gedient sein, du wirst schon den längeren, den mühevolleren und schwereren Weg der Menschwerdung gehen, du wirst deine Zweiheit noch oft vervielfachen, deine Kompliziertheit noch viel weiter komplizieren müssen. Statt deine Welt zu verengern, deine Seele zu vereinfachen, wirst du immer mehr Welt, wirst schließlich die ganze Welt in deine schmerzlich erweiterte Seele aufnehmen müssen, um vielleicht einmal zum Ende, zur Ruhe zu kommen. Diesen Weg ist Buddha, ist jeder große Mensch gegangen, der eine wissend, der andre unbewußt, soweit ihm eben das Wagnis glückte. Jede Geburt bedeutet Trennung vom All, bedeutet Umgrenzung, Absonderung von Gott, leidvolle Neuwerdung. Rückkehr ins All, Aufhebung der leidvollen Individuation, Gottwerden bedeutet: seine Seele so erweitert haben, daß sie das All wieder zu umfassen vermag.

Klage

Uns ist kein Sein vergönnt. Wir sind nur Strom,
Wir fließen willig allen Formen ein:
Dem Tag, der Nacht, der Höhle und dem Dom,
Wir gehn hindurch, uns treibt der Durst nach Sein.

So füllen Form um Form wir ohne Rast,
Und keine wird zur Heimat uns, zum Glück, zur Not,
Stets sind wir unterwegs, stets sind wir Gast,
Uns ruft nicht Feld noch Pflug, uns wächst kein Brot.

Wir wissen nicht, wie Gott es mit uns meint,
Er spielt mit uns, dem Ton in seiner Hand,
Der stumm und bildsam ist, nicht lacht noch weint,
Der wohl geknetet wird, doch nie gebrannt.

Einmal zu Stein erstarren! Einmal dauern!
Danach ist unsre Sehnsucht ewig rege,

Und bleibt doch ewig nur ein banges Schauern,
Und wird doch nie zur Rast auf unsrem Wege.

Sommerliche Eisenbahnfahrt

Wieder einmal mache ich eine kleine Reise, seit anderthalb Stunden sitze ich in der Eisenbahn, und es kommt mir vor, es sei seit der Abfahrt eine unermeßliche Zeit vergangen, so sehr langweile ich mich, so unbequem und zuwider ist mir das Bahnfahren. Vor einigen Jahren, so hörte ich erzählen, soll ein Amerikaner namens Lindwurm oder so ähnlich den Ozean überflogen haben und mehr als dreißig Stunden im Flugzeug gesessen sein. Diesem Manne muß am Ende seiner Fahrt ähnlich zu Mute gewesen sein wie mir. Aber nein, sein Flug ging ja durch die Luft und über das Weltmeer, er sah ja lauter schöne, echte, wirkliche, unverlogene Dinge: Wolken, Nebel, Sterne, er sah besonntes und nächtliches Meer, das mochte wohl dreißig Stunden auszuhalten sein. Dies hier aber, was mir die Zeit so lang und jede kleine Reise zur Qual machte, das war nicht Meer und Himmel, das war nicht die Zahl der Stunden oder der Kilometer, sondern es war die Gefangenschaft in einer mir fremden, mir feindlichen und verhaßten Welt, das Eingesperrtsein in einer von Zivilisation und Technik überfüllten Zone. Der Großstädter, ich weiß es, kann das kaum verstehen, er lebt ja Tag und Nacht und auch noch im Traum in dieser Zone. Für mich aber, für den Unzivilisierten, den Wilden und Nomaden, der die Freiheit liebt und auf manches andere pfeift, für mich ist diese Zone der Eisenbahn, der Großstädte, der Hotels, der Büros, der Ämter, der Fabriken tödlich wie der Aufenthalt im luftleeren Raum.

Über meinem Kopf an der lackierten Holzwand stand schwarz auf weißem Email eine Zahl gemalt, die Zahl 46, und sowohl die Vier wie namentlich die Sechs war auf eine Art geschrieben, wie sie sicher niemals ein Mensch mit seiner Hand schreiben würde, sondern wie sie nur auf einem staatlichen Büro von einem Scheinmenschen für Scheinmenschen ersonnen sein kann, so unmenschlich nüchtern, dumm und tot, so armselig abstrakt und steif. Und eine ebensolche Nummer stand über jedem Sitz, die Menschen numerierend und demütigend, und daneben hingen, sorgfältig angeschraubt, ähnliche eherne Tafeln mit Emailüberzug: mit Verboten, mit Gesetzen und Ratschlägen. Das Rauchen war verboten, und das Hinausstecken des Kopfes aus dem Fenster, und auch das »mißbräuchliche« Ziehen des Notsignals war verboten.

Das Notsignal! Seit Kinderzeiten war für mich das Notsignal entschieden das Hübscheste und Verlockendste in einer Eisenbahn, und es gehörte zu den Schwächen meines Lebens, daß ich es niemals gewagt hatte, ein Notsignal zu ziehen. Auf hundert großen und kleinen Reisen hatte ich den Wunsch dazu empfunden, am stärksten als Knabe: am Handgriff reißen und den Zug zum Stehen zu bringen! Damit wäre man eine Minute lang König, wäre Herr über die Lokomotive, über den Maschinisten, den Zugführer, die Mitreisenden, den Fahrplan, über den Staat und seine Verbote, über diese ganze komplizierte Welt der Ordnung und der wohlgeregelten Langeweile! Man risse einfach tüchtig an dem ovalen Griff und brächte den ganzen Zauber zum Stehen, die Reisenden zum Erschrecken, die Beamten zur Aufregung, die Dampfmaschine zum Keuchen, die Wagen zum Schütteln, die Koffer im Gepäcknetz zum Schaukeln. Aber niemals hatte ich mir diesen Wunsch erfüllt, und auch heute, weiß der Teufel, brachte ich es nicht fertig! Daran gedacht hatte ich wohl, ach wie sehr! und hatte mir alles hübsch ausgemalt, und wie ich dem herbeistürzenden Schaffner auf seine Frage, warum ich die Notleine gezogen, antworten würde, daß es mir zu warm im Wagen sei und daß ich den Anblick dieser schwarzen Nummern auf Email und der Verbottafeln und das Gesicht jenes Herrn mit der Aktenmappe nicht länger ertragen könne und daher hier aussteigen müsse. Aber gezogen hatte ich die Leine nicht, feig hatte ich mit meinen Wünschen gespielt und zur Tat den Mut nicht aufgebracht. So feige war man.

Und wenn wenigstens bloß Zahlen und Verbottafeln an den Wänden gehangen hätten! Aber da hing auch noch ein Plakat, und es diente demselben Zweck wie alle Plakate der Welt, nämlich daß irgendwelche Leute damit Geld verdienen wollten. Und die Leute hier hatten es diesmal auf eine ganz besondere Weise probiert: sie hatten auf ihr verfluchtes Plakat den Heiland gemalt, den Heiland mit der Dornenkrone, an dessen Leiden und Tod sie auf irgendwelche Art hofften Geld verdienen zu können. Von allen Wänden blickte der leidende Christuskopf mich an. Vielleicht war es ein Erpressungsversuch, war so gemeint, daß jeder in diesem Zug fahrende Christ sich entsetzen und eine Summe hingeben sollte, damit diese Entheiligung des göttlichen Bildes wieder zurückgenommen würde? Aber nein, ich hatte mehrere Mitreisende darüber befragt, es war nicht so gemeint. Das Bild diente, so sagte man, außer dem Geldverdienen auch noch künstlerischen Zwecken und war die Einladung zu einem Theaterspiel irgendwo in den Bergen. Lange dachte ich über das Tun dieser merkwürdigen Plakatleute nach. Auch Judas Ischariot hatte ja den Herrn verraten, gewiß, schon sehr oft war der Heiland verraten worden, er war vielleicht geradezu daran gewöhnt. Ob wohl die Leute mit ihrem Heilandplakat sehr viel Geld verdienen konnten? Gewiß mehr als Judas, der es um dreißig Silberlinge getan hatte. Aber der hatte sich wenigstens nachher aufgehängt! Ob wohl einer von diesen Plakatmenschen sich nachher, wenn er die Silberlinge bekommen hatte, aufhängen würde? Ich glaube nicht, ich traue ihnen nichts zu. Selten hört man heutzutage so etwas erzählen: die Sache mit Judas geschah noch in einer anderen Zeit, in einer anderen Welt, in einer Welt, in der auch die Bösen und Schufte noch irgendwie anständig waren und wußten, was sich gehört.

Ich schloß die Augen eine Weile. Ich hatte jetzt beschlossen, an der nächsten Station auszusteigen und wenn sie die Hölle selber wäre. Eigentlich hatte ich ja bis Freiburg reisen wollen, aber für den Augenblick schien nichts auf der Welt mir notwendiger, als diese blöde Fahrt zu unterbrechen. Ich machte meine Handtasche bereit, klappte sie auf, naschte mit den Augen an den Orangen, die zuoberst lagen, spielte ein wenig mit den paar neuen Büchern, die ich mit hatte. Denn mitten in dieser unbegreiflichen Zeit der Aktenmappengesichter und Heilandplakate drucken ja manche Verleger immer wieder die erfreulichsten und schönsten Sachen. Eins davon hatte ich schon zu Ende gelesen, die »Parallelen der Liebe« von A. Huxley (deutsch beim Inselverlag), ein höchst witziges, etwas kaltschnäuziges, aber amüsantes Buch.

Ein andres Buch, das ich mit mir führe, erinnert mich an einen Toten und leider auch an eine gestorbene Epoche, an jene kurze schöne Epoche, wo aus dem kriegsmüden, in Sinnlosigkeit und Hoffnungslosigkeit erstickenden Deutschland von 1918 eine auflodernd neue, humane, fanatisch weltbürgerliche Geistesstimmung aufloderte und zur geistigen Trägerin der Revolution wurde. Der stärkste Kopf dieser winzigen Minorität von wahrhaft geistigen Revolutionären war wohl Eisners Freund, Gustav Landauer – die paar Menschen dieser Art sind ja damals von der Gegenrevolution aufs Roheste totgeschlagen worden und zu den Märtyrern der deutschen Revolution (wenn auch keineswegs zu Heiligen der jungen Republik!) geworden. Einer, der diesen Kreisen nahe stand, ihnen durch vielfache, persönliche und geistige Befreundung verbunden, war Ludwig Rubiner. Auch er ist längst gestorben. Eine hübsche Neuausgabe seiner Auswahl aus Tolstoi's Tagebüchern 1895 bis 1898 (im Verlag Rascher in Zürich) erinnert heute wieder an ihn. Die Art der Auswahl, die Rubiner getroffen hat, und sein bedeutendes Vorwort dazu, gehören mit zu jener kurzen, rasch wieder verflackerten Blüte jener revolutionären deutschen Geistigkeit um 1918.

Ich rücke die Bücher in der Handtasche zurecht, decke das Nachthemd über sie (weiß Gott, wo ich heute schlafen werde?) und habe noch eine Weile Geduld. Ich blicke dem Herrn mit der Aktenmappe ins Auge; es ist das kalte, siegreiche Auge eines erfolgreichen, weil phantasielosen Menschen. Ich drücke die Augen zu, wenn mein Blick auf die Emailschilder oder auf den Plakatchristus fallen will. Ich denke flüchtig daran, daß es in den vierziger Jahren, etwa zur Zeit, als mein Vater geboren wurde, einige Fürsten und Minister gegeben hat, die sich gegen die Einführung einer so gewaltsamen und geschmacklosen Erfindung wie der Eisenbahn heftig gewehrt haben. Ahnungsvolle Vorfahren, man sah euch damals für Trottel an – aber hättet ihr doch gesiegt! Aber ihr wart Träumer, wart Don Quijotes, niemand nahm euch ernst. Leute von eurer und meiner Art werden nie ernst genommen. Sogar der Heiland wird ja nicht mehr ernst genommen, auch er ist für die Heutigen ein Don Quijote oder, wie sie in ihrer Narrensprache sagen, ein »Romantiker«.

Jetzt fahren wir langsamer und werden gleich an einem kleinen Bahnhof halten, den ich nicht kenne und dessen Schild ich nicht lesen kann, der Maschinenrauch verdeckt ihn mir. Einerlei wie das Dorf heißen mag, ich steige aus, irgendwo in der Nähe werde ich gewiß einen Waldrand finden, wo ich mich hinlegen und die Wolken studieren kann. Irgendwo in der Nähe wird ein Bach zu finden sein, wo ich mir das Gesicht kühlen und den Forellen zusehen kann. Einmal vor Jahren habe ich bei einer solchen Reiseunterbrechung besonderes Glück gehabt, es war vor dem Tor eines kleinen verschlafenen Städtchens am Oberrhein: da hatte ich auf einer feuchten Wiese einen Wiedehopf mit seiner Frau den Hochzeitstanz tanzen sehen, wie nur Wiedehopfe ihn können.

Es pressiert. Ich stolpere mit meiner Handtasche aus dem Wagen, laufe über ein paar Geleise, sehe nahe einen kleinen Hügel, hübsch mit hohen Eschen bewachsen und laufe ihm entgegen. Erst als ich längst an der Station vorüber bin, fällt mir ein, daß ich den Namen des Ortes nicht weiß, an dem ich bin. Nun, schwerlich wird es Damaskus oder Tokio sein. Ich kann das ja dann am Abend in Erfahrung bringen.

Wer seinen Dienst am Dienstag nie
Auf Donnerstag vertagt,
Der tut mir leid, er ahnt nicht wie
Der Mittwoch dann behagt.

Feuerwerk

Meine Freunde und Feinde wissen und tadeln es längst: ich habe an vielen Dingen keine Freude und glaube an viele Dinge nicht, die der Stolz der heutigen Menschheit sind; ich glaube nicht an die Technik, ich glaube nicht an die Idee des Fortschritts, ich glaube weder an die Herrlichkeit und Größe unserer Zeit noch an irgendeine ihrer »führenden Ideen«, während ich hingegen vor dem, was man »Natur« nennt, eine unbegrenzte Hochachtung habe.

Und dennoch gibt es manche Erfindungen und Überlistungen der Naturkräfte, die ich außerordentlich bewundere und liebe, die ich ebenso und eher noch mehr liebe als die Erscheinungen der Natur. Während ein Motorwettfahren mich nicht einen Meter weit aus meiner Stube zu locken vermag, bin ich durch ein Ohr voll echter Musik, durch den Anblick einer echten Architektur, durch den Vers eines Dichters überaus leicht zu zähmen, und bewundere den Menschengeist, der solche Dinge hervorgebracht hat. Wenn ich es recht betrachte, sind es eigentlich nur die »nützlichen« Erfindungen, denen ich abgeneigt bin und mißtraue. Bei diesen angeblich nützlichen Errungenschaften ist immer so ein verfluchter Bodensatz dabei, sie sind alle so schäbig, so ungroßmütig, so kurzatmig, man stößt so schnell auf ihren Antrieb, auf die Eitelkeit oder die Habsucht, und überall hinterlassen diese nützlichen Kulturerscheinungen einen langen Schweif von Schweinerei, von Krieg, von Tod, von verheimlichtem Elend. Hinter der Zivilisation her ist die Erde voll von Schlackenbergen und Abfallhaufen, die nützlichen Erfindungen haben nicht nur hübsche Weltausstellungen und elegante Automobilsalons zur Folge, sondern es folgen ihnen auch Heere von Bergwerkarbeitern mit blassen

Gesichtern und elenden Löhnen, es folgen ihnen Krankheiten und Verödung, und daß die Menschheit Dampfmaschinen und Turbinen hat, dafür zahlt sie mit unendlichen Zerstörungen im Bild der Erde und im Bilde des Menschen, dafür zahlt sie mit Zügen im Gesicht des Arbeiters, mit Zügen im Gesicht des Unternehmers, mit Verkümmerungen der Seele, mit Streiken und mit Kriegen, mit lauter schlimmen und abscheulichen Dingen, während dagegen dafür, daß der Mensch die Violine erfunden, und dafür, daß jemand die Arien im Figaro geschrieben hat, keinerlei Preis bezahlt werden muß. Mozart und Mörike haben der Welt nicht viel gekostet, sie waren wohlfeil wie der Sonnenschein, jeder Angestellte in einem technischen Büro kommt teurer.

Aber wie gesagt, alle Achtung vor gewissen Erfindungen! Namentlich alle jene Erfindungen, die den Stempel des Unnützen, der Müßiggängerei, des Spielerischen und Verschwenderischen an sich tragen, liebe ich von Kind auf mit Leidenschaft. Es gehören zu diesen Künsten nicht nur die der Musik, der Dichtung usw., sondern noch manche andere. Je unnützer eine Kunst ist, je weniger sie irgendwelchen Notdürften dient, je mehr sie den Charakter des Luxus, des Müßiggangs, der Kinderei an sich trägt, desto lieber ist sie mir.

Und da ist es mir eine schöne und merkwürdige Erfahrung, daß die Menschheit eigentlich gar nicht immer so ist wie sie gern tut, gar nicht so unendlich praktisch und nützlichkeitsbetrunken, gar nicht so happig und berechnend. Erst dieser Tage habe ich wieder einen entzückenden Beweis davon erhalten. Unsre kleine Stadt am See hat ein großes Feuerwerk abgebrannt. Das Feuerwerk hat, die langen Pausen mitgerechnet, knapp eine Stunde gedauert, und es hat, wie mir versichert wird, manche tausend Franken gekostet.

Da lacht mir das Herz. Ein Magistrat, ein Verkehrsverein samt Bürgerausschuß haben sich da zusammengetan, um etwas zustande zu bringen, was mich und manche andere entzückt, was aber jedem echten Volkswirtschafter, jedem wirklichen Freund des Nützlichen wie ein toller Spuk erscheinen muß. Sie haben beschlossen, sich und den zur Zeit anwesenden Kurgästen einmal einen rechten Spaß zu machen. Sie haben beschlossen, auf die hübscheste, unnützeste und rascheste, auf die flatterhafteste Art der Welt einige tausend überflüssige Franken in die Luft zu jagen, und es ist ihnen vortrefflich geglückt, das muß ich sagen. Es war großartig. Es fing mit einem gewaltigen Kanonenschlag an, einer Parodie auf alle Kriege und Morde, einer musikalisch-scherzhaften Verwendung der ernsthaftesten Kräfte, die der findige Mensch in seinen Dienst zu stellen gewußt hat. Und so ging es weiter. Statt geschossen wurde geknallt, statt Granaten kamen Raketen, statt Schrapnells kamen Leuchtkugeln, statt Verwundungen gab es Ausrufe des Entzückens, kurz, der ganze kostspielige Krieg tobte sich bei aller Pulververschwendung so harmlos und liebenswürdig, so bunt und vergnüglich aus, daß es eine Freude war.

Außerdem verlief dieser Krieg, ein sehr klug und tief vorausbedachter und berechneter Feldzug, keineswegs so dumm und geistlos wie Kriege sonst verlaufen. Auch den Granatenkriegen, den wirklichen, auch den Kriegen der Generäle liegen ja meistens sehr kluge und genaue Pläne und Vorausberechnungen zugrunde, nur leider kommt es immer ganz anders, und schließlich steckt man statt in der Ausführung einer genau berechneten technischen Aktion in großen Schweinereien drin, die niemand vorausgesehen hat, und welche niemand erfreuen können. Hier aber, bei diesem prachtvollen Kleinkrieg, ging alles wie vorausgedacht, es verliefen Auftakt und Vorspiel, Steigerung und Verzögerung und alles bis zum glänzenden Schlußeffekt durchaus so, wie es gewollt war, es war kein blindes und rohes Geschehen, wie die Kriege es meistens trotz den Generalstabsplänen werden, sondern es war eine rein geistige, rein spielerische, eine völlig ideale Angelegenheit.

Es war die Frage zu lösen: Wie kann man soundsoviel tausend Franken in möglichst kurzer Zeit zum Vergnügen möglichst vieler und ohne jede üble Folge verpulvern? Die Frage wurde genial und restlos gelöst. Verteilt auf einige wenige große Bukette von Riesenraketen, jedes für einige Tausend, sauste in kurzer Frist der ganze Betrag aufs erfreulichste in die Lüfte, jeder Augenblick dieses Ablaufs entsprach der Absicht des Feuerwerkers, das Programm wickelte sich ab, wie eine Symphonie nach den magischen Vorschriften der Partitur abgespielt wird, und jeder Moment dieser Abwicklung war für uns Zuschauer voll Spannung und Genuß. Es wurde dasselbe erreicht wie mit aller hohen und echten Kunst: ein Erinnertwerden an göttliche, geistfunkelnde Lebensräume, ein wehmütiges Lächeln über das rasche Vergehen und Hinwelken alles Schönen, ein tapferes Einverstandensein mit dem verschwenderischen Schauspiel. War auch vielleicht der eine und andere kleine arme Teufel mit unter den Zuschauern, der zwischenhinein gelegentlich dachte, wie sehr ihm damit gedient wäre, wenn er den zehnten oder zwanzigsten Teil dessen bekäme, was das hübsche vergängliche Schauspiel kostete – das waren geringe Ausnahmen. Die Mehrzahl der Zuschauer – fühlte man deutlich in der Festatmosphäre dieses Abends – dachte nicht an solche Nichtigkeiten, sie standen mit aufgerissenen Augen, mit zurückgebogenen Köpfen, sie lachten und schwiegen und waren entzückt, bezaubert und irgendwo auch erschüttert von der Schönheit dieser Vorgänge: von ihrer Planmäßigkeit, von ihrer offensichtlichen Nutzlosigkeit, von der gewaltigen Verschwendung an Pulver, an Licht, an Geist und Berechnung, von dem ganzen riesigen Aufwand, der da für nichts getrieben wurde, von dem ganzen kostspieligen und witzigen Apparat, der da in Bewegung gesetzt wurde, bloß um sich einen kurzen, kleinen Spaß zu machen. Ich glaube sogar, wenn es erlaubt ist das zu sagen, daß das Gefühl, das die meisten dieser bezauberten Zuschauer dabei erlebten, dem der Frömmigkeit ebenso nah verwandt war wie die Gefühle, mit denen die sonntäglichen Kirchenbesucher eine Predigt anhören.

Gewiß, wenn ich wirklich der Nörgler wäre, als den mich meine Freunde und Feinde gern hinstellen, so würde es mir nicht schwer werden, auch hinter der entzückenden Fassade dieses Feuerwerks Unrat zu wittern. Es könnte immerhin sein, daß Hoteliers und Magistrat das Ganze nicht veranstaltet haben, um sich von ihren Franken zu befreien, sondern im Gegenteil, um auf Umwegen Geld zu verdienen. Es könnte sein, daß der größte Teil des verflatterten Geldes dort hängen bleibt, wo man mit Geduld und Umsicht die kommenden Kriege vorbereitet: bei den Herstellern der Sprengmittel usw. Kurz, es würde nicht viel Geist dazu gehören, um auch dies hübsche kleine Feuerwerk-Erlebnis zu entwerten. Aber ich hüte mich wohl, dies zu tun. Ich bin noch berauscht von jenem Wolkenbruch zischender grüner und roter Sternchen, die aus dem Kelch einer goldenen Riesenblume stürzten, und beglückt über diese Riesenfeuerblume selbst, die den halben Himmel einnahm und dann so rasch und gründlich verschwunden war. Überhaupt, ich bin noch immer entzückt, es war so wunderbar – z. B. wie die roten Funkenregen so leise wie dünner Flockenfall sich schleierzart am Nachthimmel verloren und so unsäglich fremd und aus anderem Stoff hinter ihnen die wirklichen Sterne wieder sichtbar wurden! Auch jene originelle Art von kaltschnäuzigen Raketen hat mir gefallen, die so fabelhaft energisch und wild emporstreben und offenbar durchaus gesonnen sind, eine halbe Stunde lang den ganzen Himmel mit ihrer Wichtigkeit zu erfüllen – und die dann, kaum auf der Höhe ihrer Bahn angekommen, ganz plötzlich mit einem ärgerlichen kurzen Knall verschwinden, wie ein Herr etwa, der sich entschlossen hat, einem großen Fest beizuwohnen, der sich im Frack und mit allen Orden in den Festsaal begeben hat, den aber beim Anblick des Saales ein Widerwille packt, so daß er den Mund zusammenkneift, kurzum kehrtmacht und beim Weggehen vor sich hin murmelt: »Ach, ihr alle könnt mir ...«

Wir leben im Spätherbst eines Aeons, in einer untergehenden, sich auflösenden Welt, die für Viele zur Hölle, für beinah Alle unbehaglich geworden ist und deren Bedrohungen ständig zunehmen. Einerlei, ob die Frist bis zur Vollendung dieses Prozesses noch Jahrhunderte, Jahrzehnte oder Jahre daure, ob die Endkatastrophe sich als Selbstmord der Menschheit im Atomkrieg, als Schiffbruch der Moral und Politik, als Überwältigung des Menschen durch seine Maschinen abspiele – wir sind unterwegs zu jener Stunde, in der nach der indischen Vorstellung der Gott Shiwa die Welt im Tanz zertrampelt, um Raum für eine neue Schöpfung zu schaffen. Wir sehen die Weltgeschichte, das heißt die Geschichte unsres Weltalters, in hypertrophischen Staatengebilden, in sinnlosen Materialschlachten, in der Ausrottung unzähliger Tier- und Pflanzenarten, dem Hinwelken des Schönen und Wohltuenden im Bild der Städte und Länder, im Gestank der Fabriken, dem Erkranken der Gewässer, und nicht minder im Erkranken und Hinwelken der Sprachen, der Werte, der Worte, der Denk- und Glaubenssysteme hinsiechen. Und daß diesem still und rasch sich beschleunigenden Zerfall eine blendende Hochentwicklung der technischen Intelligenz und Leistung gegenübersteht, daß wir uns von der Centrifuge unsres mechanisierten Daseins nächstens in den Weltraum schleudern lassen können, das scheint mehr den Massen als den Denkenden ein Trost zu sein.

Nachtgedanken

Wir Menschen schlagen einer den andern tot,
Zucken gierig zwischen Geburt und Grab,
Beben in Furcht und lodern in Leidenschaft rot,
Kriechen vor Herrschern, die unsre Angst uns gab,
Hören auf Fabeln vom kommenden Glück,
Opfern ewig das Heut dem Morgen,
Leben ruhlos und ungeborgen,
Blicken mit Neid auf ferne Zeiten zurück.
Zwischen Künftig und Einst, zwei Paradiesen,
Ist uns die Hölle zum Wohnort gewiesen
Und wir bemühn uns, dem Höllenleben
Ein Scheinziel und einen Scheinsinn zu geben,
Glauben zu wissen, daß nie eine Zeit
So verzweifelt wie unsre, so grausam gewesen,
Fühlen den Tod so nah und das Glück so weit,
Sehnen uns grimmig nach Reinheit, nach Licht,
nach Genesen.

Aber unter uns treulich hält stand die Erde,
Waltet mütterlich-stumm Natur,
Spricht in Same und Knospe ihr ewiges Werde.
Schreien wir ängstliche Kinder – sie lächelt nur.

Sieh, und über uns, lächelnd nicht minder,
Wartet die Gnade, die Zuflucht, wartet der Geist
Voll Versprechung und Trost seiner irrenden Kinder,
Deren er viele zurück zur Mutter weist,
Während er andre hinauf ins Lichte nimmt.
Zwischen den ewigen Beiden, Erde und Geist,
Zwischen Mutter- und Vaterwelt blüht,
Seele der Welt, das Wunder der Liebe empor,
Das zum Einklang den wirren Weltlärm stimmt,
Unsern Frost mit seinem Zauber durchglüht
Und uns, Brüder, ordnet zum heiligen Chor.

Freund, der du leidest und ohne Hoffen
Deine finstere Straße gehst,
Dir auch stehen die Gnaden der Liebe offen.
Während du einsam, so scheint dir, im Leeren stehst,
Von den Schrecken der grausamen Welt umgeben,
Ohne Glück, ohne Sinn, ohne Herz und Leben,
Warten überall leidende Brüder auf dich.
Öffne die Augen, erkenne, und schenke dich
Hin den andern! Hast du nicht Brot,
Hast nicht Trost und Rat den Armen zu geben,
Gib ihnen dich, gib dein Leid, deine eigene Not,
Sprich mit ihnen, die sich gleich dir verschließen,
Laß durchs Wort, durch Blick und Gebärde
Liebe herein, und die alte, wartende Erde
Wird dir, und es wird dir der Vater Geist

Seinen Sinn und die ewigen Kräfte erschließen,
Du wirst Heimat im Chaos entdecken,
Und es werden die sinnlosen Schrecken
Schaubar, tragbar, deutbar: mitten im Rachen
Deiner Hölle wirst du zum Leben erwachen.

Mir ist, seit der »Kampf« keinen Zauber mehr für mich hat, alles Nichtkämpferische, alles adlig Leidende, alles Still-Überlegene lieb geworden, und so fand ich den Weg vom Kämpfen zum Leiden, den Begriff des Duldens, der keineswegs bloß ein negativer ist, den Begriff der »Tugend«, der von Kung Fu Tse bis Sokrates und Christentum immer der gleiche ist. Der »Weise« oder »Vollkommene« der alten chinesischen Schriften ist derselbe Typus wie der indische und der sokratische »gute« Mensch. Seine Kraft beruht nicht darin, daß er zum Totschlagen bereit ist, sondern daß er bereit ist, sich totschlagen zu lassen. Alle Vornehmheit, aller Wert, alle vollendete Reinheit und Einmaligkeit der Leistung und des Lebens, von Buddha bis zu Mozart, haben dort ihre Wurzeln.

Der ganze Weltzustand ist ... so morbid und drohend, daß man darüber wohl den Glauben an die Menschheit und die Lust an der Mitarbeit verlieren kann. Aber gerade aus dieser Depression heraus kommt mir auch immer wieder der Eigensinn und trotzige Wille, das scheinbar Unnütze dennoch weiter zu tun.

Wir leben alle heute in Verzweiflung, alle wachen Menschen, und sind damit zwischen Gott und das Nichts gestellt, zwischen ihnen atmen wir aus und ein, schwingen und pendeln. Wir hätten jeden Tag Lust, das Leben hinzuwerfen, und werden doch von dem gehalten, was in uns überpersönlich und überzeitlich ist. So wird unsre Schwäche, ohne daß wir darum Helden wären, zur Tapferkeit, und wir retten ein wenig vom überlieferten Gut an Glauben für die Kommenden.

Der Mensch, so wie ihn Gott gedacht und wie die Dichtung und Weisheit der Völker ihn manche tausend Jahre lang verstanden hat, ist geschaffen mit einer Fähigkeit, sich zu freuen an Dingen, auch wenn sie ihm nicht nützen, mit einem Organ für das Schöne. An der Freude des Menschen am Schönen haben stets Geist und Sinne in gleichem Maße teil, und solange Menschen fähig sind, sich mitten in den Drangsalen und Gefährdungen ihres Lebens solcher Dinge zu freuen; eines Farbenspieles in der Natur oder im gemalten Bilde, eines Anrufes in den Stimmen der Stürme und des Meeres oder einer von Menschen gemachten Musik, solange ihnen hinter der Oberfläche der Interessen und Nöte die Welt als Ganzes sichtbar oder fühlbar werden kann, worin vom Kopfdrehen einer spielenden jungen Katze bis zum Variationenspiel einer Sonate, vom rührenden Blick eines Hundes bis zur Tragödie eines Dichters ein Zusammenhang, ein tausendfältiger Reichtum an Beziehungen, Entsprechungen, Analogien und Spiegelungen besteht, aus deren ewig fließender Sprache den Hörern Freude und Weisheit, Spaß und Rührung zuteil wird – solange wird der Mensch seiner Fragwürdigkeiten immer wieder Herr werden und seinem Dasein immer wieder Sinn zuschreiben können, denn der »Sinn« ist ja eben jene Einheit des Vielfältigen, oder doch jene Fähigkeit des Geistes, den Wirrwarr der Welt als Einheit und Harmonie zu ahnen.

Blauer Schmetterling

Flügelt ein kleiner blauer
Falter vom Wind geweht,
Ein perlmutterner Schauer,
Glitzert, flimmert, vergeht.
So mit Augenblicksblinken,
So im Vorüberwehn
Sah ich das Glück mir winken,
Glitzern, flimmern, vergehn.

Es gibt den Weg in die von kaltem Neonlicht bestrahlten Regionen der scheinbar vollkommenen Bewußtheit und Vernünftigkeit. Es gibt aber für den, der diese Regionen durchschritten hat, wieder Land, wieder Wärme, wieder Unschuld und Liebe. Nicht durch Flucht, sondern durch Transzendieren der kalten Regionen wird das erreicht, kann wieder verloren gehen und kann wieder erreicht werden.

Heiterkeit ist weder Tändelei noch Selbstgefälligkeit, sie ist höchste Erkenntnis und Liebe, ist Bejahen aller Wirklichkeit, Wachsein am Rand aller Tiefen und Abgründe, sie ist eine Tugend der Heiligen und der Ritter, sie ist unstörbar und nimmt mit dem Alter und der Todesnähe nur immer zu.

Gis und As

Was du liebtest und erstrebtest,
Was du träumtest und erlebtest –
Ist dir noch gewiss,
Ob es Wonne oder Leid war?

Gis und As, Es oder Dis –
Sind dem Ohr sie unterscheidbar?

Sie ist das Geheimnis des Schönen und die eigentliche Substanz jeder Kunst. Der Dichter, der das Herrliche und Schreckliche des Lebens im Tanzschritt seiner Verse preist, der Musiker, der es als reine Gegenwart erklingen läßt, ist Lichtbringer, Mehrer der Freude und Helligkeit auf Erden, auch wenn er uns erst durch Tränen und schmerzliche Spannung führt. Vielleicht ist der Dichter, dessen Verse uns entzücken, ein trauriger Einsamer und der Musiker ein schwermütiger Träumer gewesen, aber auch dann hat sein Werk teil an der Heiterkeit der Götter und der Sterne. Was er uns gibt, das ist nicht mehr sein Dunkel, sein Leiden oder Bangen, es ist ein Tropfen reinen Lichtes, ewiger Heiterkeit. Auch wenn ganze Völker und Sprachen die Tiefe der Welt zu ergründen suchen, in Mythen, Kosmogonien, Religionen, ist das Letzte und Höchste, was sie erreichen können, diese Heiterkeit.

Ich bin kein Vertreter einer festen, fertig formulierten Lehre, ich bin ein Mensch des Werdens und der Wandlungen, und so steht neben dem »Jeder ist allein« in meinen Büchern auch noch andres, zum Beispiel ist der ganze »Siddhartha« ein Bekenntnis zur Liebe, und dasselbe Bekenntnis steht auch in andern meiner Bücher.

Mehr Lebensglauben zu zeigen, als ich selber habe, das werden Sie gewiß nicht von mir verlangen. Ich habe mehrmals mit Leidenschaft ausgesprochen, daß ein echtes, wirklich lebenswertes Leben innerhalb unsrer Zeit und ihres Geistes vollkommen unmöglich sei. Daran glaube ich unbedingt. Daß ich dennoch lebe, daß diese Zeit, diese Atmosphäre von Lüge, Geldgier, Fanatismus, Roheit mich nicht getötet hat, das verdanke ich zwei glücklichen Umständen:

dem großen Erbe von Naturhaftigkeit, das ich in mir habe, und dem Umstand, daß ich, wenn auch als Ankläger und Gegner meiner Zeit, doch produktiv sein kann. Ohne dies könnte ich nicht leben, und auch so ist mein Leben oft eine Hölle.

Leb wohl, Frau Welt

Es liegt die Welt in Scherben,
Einst liebten wir sie sehr,
Nun hat für uns das Sterben
Nicht viele Schrecken mehr.

Man soll die Welt nicht schmähen,
Sie ist so bunt und wild,
Uralte Zauber wehen
Noch immer um ihr Bild.

Wir wollen dankbar scheiden
Aus ihrem großen Spiel;
Sie gab uns Lust und Leiden,
Sie gab uns Liebe viel.

Leb wohl, Frau Welt, und schmücke
Dich wieder jung und glatt,
Wir sind von deinem Glücke
Und deinem Jammer satt.

Quellennachweis

9 *Kleine Freuden:* Geschrieben 1899, Teildruck aus H. Hesse, »Kleine Freuden«, Frankfurt am Main 1977, S. 7 ff.

13 *Vergiß es nicht:* Geschrieben 1908. Aus H. Hesse, »Die Gedichte«, Frankfurt am Main 1977.

14 *Die Kunst des Müßiggangs:* Geschrieben 1904. Aus H. Hesse, »Die Kunst des Müßiggangs«, Frankfurt am Main 1973, S. 7 ff.

23 *Schönes Heute:* Geschrieben 1903. Aus »Die Gedichte«, a. a. O.
Schlaflose Nächte: Geschrieben 1900. Aus »Die Kunst des Müßiggangs«, a. a. O., S. 41 ff.

29 *Traum:* Aus »Die Gedichte«, a. a. O.

30 *Der innere Reichtum:* Geschrieben 1916. Aus »Die Kunst des Müßiggangs«, a. a. O., S. 178 ff.

33 *Einsame Nacht:* Geschrieben 1901. Aus »Die Gedichte«, a. a. O.
Zitat aus H. Hesse, »Gertrud«, geschrieben 1909/10, WA* 3, S. 7.

34 Zitat aus »Gertrud«, a. a. O., WA 3, S. 123 f.

35 Zitate aus einem unveröffentlichten Brief von 1908 und aus »Zarathustras Wiederkehr«, geschrieben 1919, WA 10, S. 478 ff.

36 *Auf einem nächtlichen Marsch:* Geschrieben 1915. Aus »Die Gedichte«, a. a. O.

37 *Alte Musik:* Geschrieben 1913. Aus »Betrachtungen«, WA 10, S. 15 ff.

42 *Die Stadt:* Geschrieben 1910. Aus H. Hesse, »Gesammelte Erzählungen«, Frankfurt am Main 1977.

43 *Schicksalstage:* Geschrieben 1918. Aus »Die Gedichte«, a. a. O.

50 *Zusammenhang:* Geschrieben 1912. Aus »Die Gedichte«, a. a. O.

51 *Bist du eigentlich glücklich?:* Teildruck aus »Wenn es Abend wird«. Geschrieben 1904. Aus »Bilderbuch«, WA 6, S. 182 ff.

54 *Glück:* Geschrieben 1907. Aus »Die Gedichte«, a. a. O.
Zitat aus einem unveröffentlichten Brief von 1931.

* WA = H. Hesse-Werkausgabe, Frankfurt am Main 1970. Dahinter die jeweilige Bandnummer mit Seitenverweis.

55 *Ein Stück Tagebuch:* Geschrieben 1918. Aus »Betrachtungen«, WA 10, S. 53ff.

62 *Beides gilt mir einerlei:* Geschrieben 1913. Aus »Die Gedichte«, a.a.O.

63 *Künstler und Psychoanalyse:* Geschrieben 1918. Aus »Betrachtungen«, WA 10, S. 47ff.

70 *Keine Rast:* Geschrieben 1913. Aus »Die Gedichte«, a.a.O.
Bewölkter Himmel: Aus H. Hesse, »Wanderung«, geschrieben 1920, WA 6, S. 166ff.

73 Zitate aus einem unveröffentlichten Brief von 1961 und aus H. Hesse, »Ausgewählte Briefe«, Frankfurt am Main 1974, S. 245.

74 *Kennst du das auch?:* Geschrieben 1901. Aus »Die Gedichte«, a.a.O.
Die Angst überwinden: Teildruck aus »Klein und Wagner«, geschrieben 1919, WA 5, S. 286ff.

79 Zitate aus »Innen und Außen«, geschrieben 1919, in »Gesammelte Erzählungen«, a.a.O., aus »Ausgewählte Briefe«, a.a.O., S. 518, und aus »Gesammelte Briefe«, Bd. 2, S. 83.
Zitate aus »Ausgewählte Briefe«, a.a.O., S. 113, aus H. Hesse, »Peter Camenzind«, geschrieben 1903, WA 1, S. 436, und aus »Ausgewählte Briefe«, a.a.O., S. 27f.

81 *An die Freunde in schwerer Zeit:* Geschrieben 1915. Aus »Die Gedichte«, a.a.O.

82 *Immer neue Selbstgestaltung:* Zitat aus H. Hesse, »Der Steppenwolf«, geschrieben 1926/27, WA 7, S. 252ff.

84 Zitat aus »Ausgewählte Briefe«, a.a.O., S. 269ff.

87 Zitat aus H. Hesse, »Die Morgenlandfahrt«, geschrieben 1930/31, WA 8, S. 382.

88 Zitate aus »Ausgewählte Briefe«, a.a.O., S. 51f. und S. 406.

89 *Der schwere Weg:* Geschrieben 1916. Aus »Märchen«, WA 6, S. 67ff.

95 Zitate aus »Die Morgenlandfahrt«, WA 8, S. 382, und aus »Ausgewählte Briefe«, a.a.O., S. 168.

96 Zitate aus »Ausgewählte Briefe«, a.a.O., S. 146, und aus »Klingsors letzter Sommer«, geschrieben 1919, WA 5, S. 330.

97 *Tagebuch 1920/21:* Teildruck aus »Materialien zu Hesses Siddhartha«, Frankfurt am Main 1975, S. 9ff.

123 *Einkehr:* Geschrieben 1918/19. Teildruck aus »Kleine Freuden«, a.a.O., S. 138ff.

127 *Alle Tode:* Geschrieben 1919. Aus »Die Gedichte«, a.a.O.

128 *Ein verdächtiges Plus an Sensibilität:* Teildruck aus H. Hesse, »Kurgast«, geschrieben 1923, WA 7, S. 19ff.

134 *Pfeifen:* Geschrieben 1927. Aus »Die Gedichte«, a.a.O. Zitat aus H. Hesse, »Die Nürnberger Reise«, geschrieben 1925, WA 7, S. 125f.

135 Zitat aus »Die Nürnberger Reise«, WA 7, S. 127.

136 *Ausflug in die Stadt:* Geschrieben 1925. Aus »Die Kunst des Müßiggangs«, a.a.O., S. 222ff.

141 *Psychologie:* Geschrieben 1959. Aus »Die Gedichte«, a.a.O.

142 Zitate aus »Kurgast«, WA 7, S. 73, 75, 83.

143 *Sterbelied des Dichters:* Geschrieben 1926. Aus »Die Gedichte«, a.a.O.

144 *Das Unmögliche neu probieren!:* Teildruck aus »Gedanken über Lektüre«. Geschrieben 1926. Aus »Materialien zu Hesses Steppenwolf«, Frankfurt am Main 1973, S. 59ff.

146 *Irgendwo:* Geschrieben 1925. Aus »Die Gedichte«, a.a.O.

147 *Aus dem »Tractat vom Steppenwolf«:* Aus »Der Steppenwolf«, WA 7, S. 222ff.

172 *Klage:* Geschrieben 1934. Aus »Die Gedichte«, a.a.O.

173 *Sommerliche Eisenbahnfahrt:* Geschrieben 1927. Aus »Die Kunst des Müßiggangs«, a.a.O., S. 243ff.

178 Undatierbares Scherzgedicht.

179 *Feuerwerk:* Geschrieben 1930. Aus »Die Kunst des Müßiggangs«, a.a.O., S. 320ff.

184 Zitat aus »Ausgewählte Briefe«, a.a.O., S. 505f.

185 *Nachtgedanken:* Geschrieben 1938. Aus »Die Gedichte«, a.a.O.

187 Zitat aus »Ausgewählte Briefe«, a.a.O., S. 96f.

Zitate aus »Ausgewählte Briefe«, a.a.O., S. 256f., S. 480, und aus »Glück«, WA 8, S. 539.

189 *Blauer Schmetterling:* Geschrieben 1927. Aus »Die Gedichte«, a.a.O.

Zitat aus »Ausgewählte Briefe«, a. a. O., S. 482.

Zitat aus H. Hesse, »Das Glasperlenspiel«, geschrieben von 1930-1942, WA 9, S. 347.

190 *Gis und As:* Teil des Gedichtes »Nachts im April notiert«, geschrieben 1962. Aus »Die Gedichte«, a. a. O.

191 Zitat aus »Ausgewählte Briefe«, a. a. O., S. 52f.

192 *Leb wohl, Frau Welt:* Geschrieben 1944. Aus »Die Gedichte«, a. a. O.

Zu dieser Ausgabe

insel taschenbuch 2858: Der vorliegende Text folgt der Ausgabe: Hermann Hesse, Das Leben bestehen. Krisis und Wandlung. Zusammengestellt von Volker Michels. Umschlagabbildung: nach einem Aquarell von Hermann Hesse.

Hermann Hesse
im Suhrkamp und im Insel Verlag
Eine Auswahl

Demian. Die Geschichte von Emil Sinclairs Jugend. st 4353. 293 Seiten

Die Heimkehr. st 4334. 66 Seiten.

Narziß und Goldmund. Erzählung. st 4356. 465 Seiten

Siddhartha. Eine indische Dichtung. st 4354. 204 Seiten

Der Steppenwolf. st 4355. 421 Seiten

Unterm Rad. Erzählung. st 4352. 261 Seiten

Hermann Hesse Werkausgaben

Das erzählerische Werk. Sämtliche Jugendschriften, Romane, Erzählungen, Märchen und Gedichte. Herausgegeben von Volker Michels. 10 Bände in Kassette. 6137 Seiten. Broschur

Das essayistische Werk. Autobiographische Schriften. Betrachtungen und Berichte. Die politischen Schriften. Herausgegeben von Volker Michels. 10 Bände in Kassette. 7127 Seiten. Broschur

NF 212/1/8.13

Hermann Hesse Lesebücher
Zusammengestellt von Volker Michels

China. Weisheit des Ostens. st 4106. 204 Seiten.

Eigensinn macht Spaß. Individuation und Anpassung. 208 Seiten. Gebunden. it 2856. 189 Seiten

Die Einheit hinter den Gegensätzen. Religionen und Mythen. 207 Seiten. Gebunden.

Ermutigungen. Gedanken aus seinen Werken und Briefen. Wenn das Leben schwer zu tragen ist, Religion und Kirche, Tod. st 3976. 113 Seiten

Hermann Hesse antwortet ... auf Facebook. st 4376. 93 Seiten.

Jahre am Bodensee – Erinnerungen, Betrachtungen, Briefe und Gedichte. Mit Bildern von Siegfried Lauterwasser. 238 Seiten. Gebunden

Jedem Anfang wohnt ein Zauber inne. Lebensstufen. 207 Seiten. Gebunden. it 2854. 191 Seiten

Jugendland. Erzählungen. Ausgewählt und mit einem Nachwort von Herbert Schnierle-Lutz. it 4137. 230 Seiten

Das Leben bestehen. Krisis und Wandlung. 208 Seiten. Gebunden. it 2858. 196 Seiten

Lieben, das ist Glück. Gedanken aus seinen Werken und Briefen. Liebe, Glück, Humor und Musik. st 3977. 88 Seiten

NF 212/2/8.13

Das Lied des Lebens. Die schönsten Gedichte. 240 Seiten. Gebunden. it 2859. 243 Seiten

Mit dem Erstaunen fängt es an. Herkunft und Heimat. Natur und Kunst. 208 Seiten. Gebunden. it 2899. 195 Seiten

Unerschrocken denken. Gedanken aus seinen Werken und Briefen. Politik. Ratio. Wissen und Bewußtsein. st 3974. 113 Seiten

Wer lieben kann, ist glücklich. Über die Liebe. 224 Seiten. Gebunden. it 2855. 211 Seiten

Biographien

Hugo Ball. Hermann Hesse. Sein Leben und sein Werk. st 385. 188 Seiten

Gunnar Decker. Hermann Hesse. Der Wanderer und sein Schatten. st 4458. 703 Seiten.

Hermann Hesse. Schauplätze seines Lebens. Mit zahlreichen Fotografien. Herausgegeben von Herbert Schnierle-Lutz. it 1964. 345 Seiten

Michael Limberg. Hermann Hesse. Leben – Werk – Wirkung. sb 1. 159 Seiten

Alois Prinz. »Und jedem Anfang wohnt ein Zauber inne«. Die Lebensgeschichte des Hermann Hesse. st 3742. 403 Seiten

NF 212/3/8.13

Briefausgaben

Hermann Hesse. Ausgewählte Briefe. Erweiterte Ausgabe. Zusammengestellt von Hermann Hesse und Ninon Hesse. st 211. 567 Seiten

Hermann Hesse. Briefe an Freunde. Rundbriefe 1946–1962 und späte Tagebücher. Herausgegeben von Volker Michels. it 2642. 297 Seiten

Hermann Hesse. Die Antwort bist du selbst. Briefe an junge Menschen. Herausgegeben von Volker Michels. it 2583. 420 Seiten

Hermann Hesse. Gesammelte Briefe. Vier Bände in Kassette. In Zusammenarbeit mit Heiner Hesse herausgegeben von Ursula und Volker Michels. 2322 Seiten. Gebunden

Hermann Hesse. »Ich gehorche nicht und werde nicht gehorchen!«. Briefe 1881–1904. Herausgegeben von Volker Michels. 661 Seiten. Gebunden

Hermann Hesse. »Liebes Herz!« Briefwechsel mit seiner zweiten Frau Ruth. Herausgegeben von Ursula und Volker Michels. Mit Abbildungen. 644 Seiten. Gebunden

Hermann Hesse. Stufen des Lebens. Briefe. Mit einem Nachwort von Siegfried Unseld. IB 1231. 192 Seiten. Gebunden

Ninon Hesse. »Lieber, lieber Vogel«. Briefe an Hermann Hesse. Herausgegeben von Gisela Kleine. Mit Abbildungen. 619 Seiten. Gebunden. st 3373. 620 Seiten

NF 212/4/8.13

Hermann Hesse / Hugo Ball und Emmy Ball-Hennings. Briefwechsel 1921–1927. Herausgegeben von Bärbel Reetz. 612 Seiten. Gebunden

Hermann Hesse / Conrad Haußmann. Von Poesie und Politik. Briefwechsel 1907–1922. Herausgegeben von Helga Abret. 407 Seiten. Gebunden

Hermann Hesse / Alfred Kubin. »Außerhalb des Tages und des Schwindels«. Briefwechsel 1928–1952. 341 Seiten. Gebunden

Hermann Hesse / Peter Weiss. »Verehrter großer Zauberer«. Briefwechsel 1937–1962. 249 Seiten. Gebunden

Hermann Hesse / Stefan Zweig. Briefwechsel. BS 1407. 206 Seiten

Gedichte

Bäume. Betrachtungen und Gedichte. Mit Fotografien. Ausgewählt von Volker Michels.
it 455. 144 Seiten. GD it 2378. 184 Seiten

Die Gedichte. 1892–1962. Neu eingerichtet und um Gedichte aus dem Nachlass erweitert von Volker Michels. st 381. 848 Seiten

Die Gedichte. Herausgegeben und mit einem Nachwort von Volker Michels. 700 Seiten. Gebunden. it 2762. 840 Seiten

Stufen. Ausgewählte Gedichte. BS 342. 256 Seiten

NF 212/5/8.13

Hermann Hesse als Maler

Farbe ist Leben. Eine Auswahl seiner schönsten Aquarelle. Vorgestellt von Volker Michels. it 1810. 173 Seiten

Magie der Farben. Aquarelle aus dem Tessin. Mit Betrachtungen und Gedichten. Auswahl und Nachwort von Volker Michels. it 482. 117 Seiten

Spiel mit Farben. Der Dichter als Maler. Mit etwa 300 Aquarellen von Hermann Hesse. Herausgegeben von Volker Michels. 276 Seiten. Gebunden

Tessin. Betrachtungen, Gedichte und Aquarelle des Autors. Herausgegeben und mit einem Nachwort von Volker Michels. it 1494. 307 Seiten

Hermann Hesse und Italien

Italien. Schilderungen, Tagebücher, Gedichte, Aufsätze, Buchbesprechungen und Erzählungen. Herausgegeben und mit einem Nachwort von Volker Michels. Mit zahlreichen Abbildungen und Fotografien. st 689. 525 Seiten

Mit Hermann Hesse durch Italien. Ein Reisebegleiter durch Oberitalien. Herausgegeben von Volker Michels. it 1120. 224 Seiten

NF 212/6/8.13

Hermann Hesse und die Schweiz

Engadiner Erlebnisse. Erinnerungen, Gedichte, Briefe und Aquarelle. Herausgegeben von Volker Michels. Mit farbigen Aquarellen des Dichters, Fotos und Zeichnungen. Etwa 250 Seiten. Gebunden

NF 212/7/8.13